어느 날 정원에 잇닿아 있던 방에 불이 켜졌다.

풍란

# 풍란

정연순 소설집

## 작가의 말

 글을 읽다가 눈에 휴식을 취하는 시간이 길어졌습니다. 그런 날, 저는 그 틈새 장을 비집고 아득한 길을 여행자가 되어 펼쳐봅니다.
 '별밤'에 소박한 엽서를 보내고 신청곡이 흘러나오길 라디오에 귀를 쫑긋하던 날과 홀연히 만난 소낙비를 흠뻑 맞고 전율하던 날 함께한 가로등과 손가락에 번호를 매기며 손글씨에서 필요로 자판 연습에 몰입했던 날이 훅 다가와 풍성하게 심연을 뒤흔듭니다.
 그리고 생각해봅니다. 나의 최초의 기억은 무엇일까? 그러면 사진으로 전해지는 엄마 품에 안긴 정지된 모습과 달리 기차 소리가 들립니다. 어디를 지나는지 차창으로 빛이 쏟아지는 여부에 따라 창은 색을 달리해 보여줍니다. 신기한 것은 어렸을 때 살던 집은 기차역과 수십 킬로미터 떨어져 있었고, 저에게 기차를 태워준 적이 있냐고 물어도 속 시원한 대답은 돌아오지 않습니다.

 저의 첫 소설집에 아홉 편의 단편을 엮었습니다.
 표제 작품인 「풍란」은 제주 펜션에서 뭍으로 오게 된 풍란의 여정을 통해 바라본 인간의 모습 및 고통에 대한 위로의 메시지를 담고 있습니다.

「금성의 똥꼬」는 강원도 삼척시가 배경으로 주인공 금성과 그의 아내와 딸, 세 화자의 시선으로 바라본 가족의 치매에 대한 갈등과 애정을 담고 있습니다. 더불어 금성의 심리 속에 숨겨져 있던 어린 날 금성의 6.25 전쟁의 상흔까지 드러냅니다. '똥꼬'는 망둑엇과의 민물고기로 강원도에서는 똥꼬, 꺽저구, 꾹저구 등으로도 불립니다.

「천국의 장미」는 근육종을 진단받은 수도자와 그 죽음까지의 과정을 뒤쫓으며 바라본 인간의 매몰참과 울분, 연약함을 통해 삶과 죽음에 관한 진지한 물음을 담고 있습니다.

「쇼펜하우어의 시계추」는 경직된 조직 속에서 소외되고 개체화된 현대인을 통해 삶의 의미와 가치에 대한 물음을 던집니다.

「멍울진 바다」는 대학 졸업 후 결핵으로 안개 같은 시간을 보내던 해수가 경포 바다에서 만난 사람들과 유일한 탈출구로 여기며 떠난 춘천, 서울, 부산에서 접한 암울한 세상과의 또 다른 괴리감 속에서 사회에 대한 복잡한 심경을 담고 있습니다.

「안녕하신가요?」는 갑작스러운 코로나19 시대의 불안정한 생활 속에서 겪게 되는 변화된 일상과 잊고 살았던 사회성이 인간에게 얼마나 소중한가를 되짚고 있습니다.

「약속」은 젊은 날 무정자증을 숨기고 결혼한 남자의 부인과 한 약속을 되돌아보며 현대인의 결혼에 대해 반추해 봅니다.

「어깨놀이 변주곡」은 오십 대 소상공인이 20대 아들에게 경제 개념을 심어주고자 권한 주식으로 인해 벌어지는 가족 간의 좌충우돌과 불확실한 세계 정세를 담고 있습니다.

「치과 가는 날」은 썩어 문드러진 어금니 치료를 위해 치과에 다니는 희수를 통해 곳곳에 만연된 인간 사회의 비열함을 드러내고 있습니다.

사라지는 것이 사람 감정의 기억에까지 이를 때, 불현듯 다가오는 고통을 들여다보고자 합니다. 그 지점은 개인적, 가족적, 사회적 요소를 내포합니다. 인간이 스스로 불완전함을 인정해야 한다고 우회적으로 더듬어 봅니다. 불완전한 인간을 바라보는 시선의 꼭짓점에서의 고통은 다시 희망의 씨앗이 되는 지점이기도 합니다. 그러므로 인간을 자세히 바라보고 그 의미를 찾는 작업은 더욱더 고귀하게 지속되어야 합니다.

끝으로 글이 세상의 빛을 볼 수 있게 도움을 주신 한국출판문화산업진흥원 2023년 '중소 출판사 출판콘텐츠 창작 지원' 공모사업의 심사위원님들과 흔쾌히 발문을 맡아주신 소설가 류재만 선생님, 푸른고래 출판사 오창헌 대표께 고마움을 전합니다. 일일이 호명할 수 없지만 저와 밥을 함께 하는 모든 식구에게 살뜰한 인사를 전합니다. 그리고 하늘의 언니에게 사랑한다는 말을 책 편지로 전하렵니다.

2023년 9월, 정 연 순

차례

작가의 말

풍란 … 13
금성의 똥꼬 … 33
천국의 장미 … 53
쇼펜하우어의 시계추 … 75
멍울진 바다 … 99
안녕하신가요? … 119
약속 … 139
어깨놀이 변주곡 … 161
치과 가는 날 … 181

발문 … 201

풍란

*

　목이 마른다. 주변은 온통 검은빛이다. 사방이 모두 깜깜하게 변한 것은 처음이다. 내 귀에 들린 말에 의하면 고마움의 표시였다. 서로 인사를 나눴다. 그 인사에는 분명 아름다움이 섞여 있는 듯했다. 듯함이란 아직 불확실한 표현이다. 그것은 내가 아직 경험해보지 못함을 의미했다. 하루하루 배워 나간다는 것은 신비롭다. 때론 그 신비로움에 위태로움이 섞여 있다.
　내게는 개념이라는 단어가 명명되어 있지 않다. 이것은 내가 정한 것이다. 때론 사람들이 안타까울 때가 있다. 태어나서 개념에 휘둘리는 느낌이 드는 것이다. 그들은 알까? 내가 안타깝게 여긴다는 것을. 아마 모르겠지. 의식의 구조 자체가 다르니까. 교육은 유용하다고 했던가. 하지만 경험치가 따르지 않은 교육이란 공염불이다. 이것은 내가 내린 결론이다. 일종의 반항이라고 해도 할 말은 없다. 모든 것은 모두에게 처음이다. 그런데 이것을 망각하는 것이 태반이다. 내가 이 인식에 대해서 언제 체득했는지는 알 수가 없다.
　나는 까만 봉지에 싸여서 섬 동네를 떠났다. 그곳은 바람이 많았다. 사람도 많았다. 그들은 대부분 뜨내기였다. 그래서 기분파들이 많았다. 그들은 항상 즐거움을 가장하고 있는 듯했다. 바람에 치맛자락이 휘날리듯 자유롭다고 외치는 형상이었다. 하지만 내가 본 인간의 군상이란 자유로움 앞에서 나약한 존재들이었다. 그들은 무언가의 관계망에 갇힌 듯했다. 그들의 머릿속에 내가 거미줄처럼 들어가 점령할 수는 없다. 그들과 나는 분명 다른 유기체이다. 하지만 그들의 대화를 엿듣다 보면 자연스러움이 없었다. 계산이 숨은 은유처럼 깔려 있었다.

나는 항상 생각했다. 나는 어디로 갈 수 있을까. 지금 나의 자리에서 어디로 이동할 수 있을까를 해의 주기를 보면서 생각했다.

어느 날 정원에 잇닿아 있던 방에 불이 켜졌다. 분명 깊은 밤이었다. 평소 같으면 모두가 잠든 밤이다. 날이 갈수록 불이 켜진 시간은 길어졌다. 나는 정원의 끄트머리에서 그녀를 훔쳐봤다. 아니 훔쳐보는 게 아니라 그저 보였다. 어둠이 내리면 불이 켜진 곳은 도드라져 보였으니 그것은 당연하였다. 그녀의 표정을 살펴보면서 나는 고개를 갸우뚱했다. 내게 고개가 있을 리가 없지만 나는 그렇게 생각했다. 생각에 심취해 있으면 왠지 모르게 고개가 한쪽으로 기운다고 생각했다. 이것은 아마도 오랜 인간들의 버릇인 것 같다. 다만 나도 모르게 학습한 것이 아닐까 싶다.

여하튼 그녀는 밤마다 불을 밝혔다. 그녀가 불을 밝힌 곳에는 내가 아는 다육식물이 여럿 있었다. 나의 주인이 그들을 그곳으로 옮겨놓았다. 나는 바람이 넘나드는 야생의 땅인 정원에 아직 있었다. 보통 정원이라고 하면 잘 가꾸어진 곳을 염두에 둔다. 하지만 내게 정원은 그저 야생일 뿐이다. 내가 느끼는 야생이란 그저 바람이 넘나드는 곳이다.

그녀는 간혹 등이 꺼진 정원의 어딘가를 향해 시선을 옮겼다. 정원은 아침이면 햇살을 토해내는 태양의 열기로 뜨거웠다. 내가 식상하게 받아들이는 일상에 그녀의 시선이 꽂히는 것에 대해 궁금했다. 그래서 밤에 그녀가 깨어나 긴 나무 의자에 앉아 노트북을 켤 때면 나는 그녀의 방 앞에서 눈을 떴다.

밤은 때론 길었다. 조각달이 뜨는 날도 있었다. 그런 날이면 왠지 그녀의 얼굴이 더욱더 그늘져 보였다. 나는 조각달이 자아내는 기운에 그녀가 물들지 않았을까 하며 의아해했다. 그것은 달에 대한 나의 주인의 인식은 항상 풍요로웠기 때문이다. 그런 내게 그녀는 달에도 여러 감정이 숨어있다는 것을 어렴풋이 알려준 셈이다.

평소 주변에 있다고 하여 쉽게 내 감정의 문을 두드릴 수 있는 것은 아니었다. 왜냐하면 나는 정원에 있던 단풍나무로부터 자주 핀잔을 들었기 때문이다. 잎이 어릴 때부터 빨갛던 단풍나무는 자주 나를 놀렸다. 감정이 메말랐다고. 나는 그 감정이라는 것에 내가 왜 집중해야 하냐고 받아쳤다. 그런 날이면 단풍나무는 둥지를 품어본 적이 없으니 알 턱이 없다면서 자신이 품고 있던 직박구리에 대해 말했다.

그즈음 회색 직박구리는 키 낮은 단풍나무에 드나들었다. 나중에 안 일이지만 알에서 깨어난 어린 직박구리들이 소리를 내기 시작할 무렵이기도 했다. 내가 보기에 어른 직박구리는 힘들어 보였다. 수없이 무언가를 입에 물고 잎이 무성한 단풍나무에 드나들기를 반복했기 때문이다. 그 행동은 아름다움이라는 말과는 거리가 있어 보였다.

그러던 어느 날 펜션에 그녀가 왔다. 그녀는 짐이 없었다. 여기에서, 없었다는 말은 거의 없었다는 것을 의미한다. 내가 주인집을 관찰한 결과 그들은 항상 무언가를 쌓아 두었기 때문이다. 그녀는 홀가분하게 101호에 들어왔다. 나는 정원에서 바람을 맞으면서 그녀를 매일 봤다.

해가 먼 산을 넘어와 햇살을 퍼붓는 날이면 그녀는 꼼짝을 안 했다. 저녁 무렵 산보를 나오듯이 정원을 한 번 둘러볼 뿐이었다. 하지만 이런 날은 절대 오래가지 않았다. 인간에게는 목구멍이 있었다. 그곳으로는 식자재가 넘어가 마음에 포만감이 필요한 듯했다. 마트에서 그녀는 최소한의 사람을 만나는 듯했다. 내가 직접 그녀의 차에 오른 적이 없으니 이것은 추측이다. 하지만 이 추측이 허황하다고는 생각하지 않는다. 왜냐하면 정원과 잇닿은 주차장에 차를 세운 그녀의 손에는 비닐봉지가 들려 있었다. 그곳에는 내가 익히 주인이 마트에 다녀올 때마다 들어있던 식재료들이 동일하게 들어있었기 때문이다.

나는 그 당시 어렸다. 하지만 학습 능력은 뛰어났다. 한 번 경험한 것은 쉽게 잊어버리지 않았다. 그것은 내 개인적인 학습의 방에 차곡차곡 쌓아놓았다. 그래서 나는 그녀가 펜션에 왔을 때 눈이 번쩍 떠졌다. 그녀는 새로움이었다.

나는 그녀가 펜션을 떠날 때 함께 이 정원을 나왔다. 그 당시 나는 그 나옴이 떠남이라는 것을 알지 못했다. 나중에 그 정원에서 벌을 끌어모으던 꽃들과 대면할 수 없다는 것을 알게 되었다. 그때는 살짝 아쉬웠다. 나는 그 아쉬움을 미풍의 따스함으로 대체했다고 스스로 다독였다. 아쉬움이란 단순한 아쉬움일 뿐이다. 거창한 수식어가 필요 없다고 나는 생각했다.

나는 그녀에게 이끌려 제주에서 배를 탔다. 하지만 완도항 여객터미널에

도착하기까지 멀미는 하지 않았다. 그녀의 승용차가 흔들리는 대로 나는 흔들렸다. 배에 오르기 전 그녀는 내가 담긴 봉지의 입구를 봉했다. 검은 봉지 속에서는 아무것도 볼 수 없어서 오히려 다행이라고나 할까. 하지만 귀는 호기심으로 열려 있었기에 사람들의 소리를 들을 수 있었다.

완도항 여객터미널에 내린 그녀는 명사십리 해수욕장과 순천만 국가정원을 경유했다. 검은 봉지 속에서 내가 직접 보지 못한 명사십리 해수욕장은 그녀가 누군가와 나누는 통화로 상상의 날개를 달았다. 송림 위로 흰 구름이 낮게 펼쳐진 바다는 넓은 모래사장과 함께 그녀의 시선을 끌었다. 하지만 그녀가 힘주어 말한 것은 갯바위 곁에서 바라본 노부부였다. 노부부는 모래사장에 햇살 가리개를 하고 나란히 앉아 바람이 보내오는 파도를 보고 있었다고 했다.

그녀의 통화가 끝난 후 나는 승용차가 멈추기까지 같은 목소리를 들었다. 그 목소리는 제한 속도나 방향에 관해 쉼 없이 친절하게 알려주었다. 하지만 차에서 내린 이후에는 다시 만날 수 없었다.

내가 다시 햇빛을 보게 된 곳에는 나보다 키 큰 식물이 있었다. 나중에 통성명하여 알게 된 그들의 이름은 관음죽, 나비란이었다. 그들은 자신의 이름을 스스럼없이 내게 말했다. 나는 이제껏 내 이름을 누군가에게 말한 적이 없었기에 그 자체가 이상했다. 하지만 그들의 친절함에 나도 통성명했다. 풍란이라고.

검은 봉지에 싸여 이곳까지 왔지만, 그녀는 내게 눈길을 주지 않았다. 벌써 일주일이 지났다. 나는 점점 목이 탄다. 그렇다고 그녀와 언어 코드가 다른 내가 그녀에게 말을 건다는 것은 있을 수 없다.

나는 베란다에서 유리창을 내다봤다. 녹색의 잎들이 흔들거렸다. 비가 내리고 있었다. 나비란은 내게 흔들거리던 녹색의 잎에 관해 얘기해줬다. 내가 가는 눈으로 녹색의 잎을 보고 있을 때 관음죽은 내게 물을 줄 수는 없지만, 정보는 제공할 수 있다고 했다. 나는 그 정보라는 말에 귀를 쫑긋했다. 어쩌면 나의 급선무인 목구멍을 위로해줄 수 있지 않을까 하는 희망이 고개를 들었기 때문이다. 하지만 관음죽의 얘기를 들었을 때 나는 더욱더 고개를 숙였다. 그녀가 이곳을 방문하려면 일주일은 더 기다려야 했기 때문이다.

나는 숨의 깊이를 조절했다. 그것은 나의 표면적의 넓이를 최소화하는 것이었다. 얕고 힘이 들어가지 않는 숨을 쉬는 것이다. 나는 이것을 실전에서 사용하게 되리라고는 상상도 못 했다. 내가 그나마 이것을 귀동냥으로 들은 것은 순전히 행운이었다.

사람들은 요가라고 이름을 붙였다. 그러면서 평안한 모습을 내게 보여주곤 했다. 펜션에서 그들은 눈을 감고 척추를 꼿꼿하게 세우고 앉았다. 물론 손은 두 무릎 위에 사뿐히 내려놓았다. 본 게임에 들어가기 전이나 마감할 때 하는 모양새처럼 그들은 이 동작을 했다. 그들의 미간은 서서히 펴졌다. 그러면 마냥 편안해 보였다. 생각은 마치 먼 곳으로 떠나버린 듯 텅 빈 얼굴이 정원 가득 둥둥 떠다니는 것 같았다. 나는 그들의 얼굴을 엿보면서 마음을 비운다는 것에 대해 조심스럽게 접근하곤 했다. 행복이 무엇인지는 모르지만, 그들은 간혹 그런 단어를 입으로 뱉곤 했다. 그들은 서로의 말을 들으면서 고요히 수긍을 표시하듯 입꼬리를 올렸다. 나는 그들의 표정을 보면서 아무것도 지니지 않는 것이 왜 행복이라는 단어와 친밀할 수 있을까 하고 고개를 갸우뚱했다.

　나는 펜션의 정원에 있었기에 다양한 사람을 볼 수 있었다. 그녀의 차에 내가 실린 것은 일종의 감사 표시였다. 나는 감사란 쌍방이 허용해야 이루어진다고 여긴다. 펜션의 주인도 펜션을 떠나는 사람들 모두에게 화분을 건네주진 않았기 때문이다.

　펜션을 방문했던 사람 중에서 스마트폰을 꽃에 들이댄 사람은 그녀가 처음이었다. 나는 꽃들이 피고 지는 정원에 있었지만, 꽃의 이름을 알지 못했다. 그녀는 스마트폰으로 꽃을 일일이 찍어서 저장했다. 그 후 스마트폰을 이용해 꽃 검색이 이루어지면 소리를 내어 읽었다. 그녀는 입으로 여러 번 반복하면서 스마트폰의 어딘가에 기록했다. 꽃들의 이름은 내가 듣기에도 어려웠다. 정원의 한쪽 모퉁이에 있는 주인이 기르는 개의 이름인 이국풍의 메리는 아무것도 아니었다. 메리의 이름은 오히려 단순했다. 나는 처음에 그녀를 따라 속으로 꽃 이름을 되뇌다가 금방 그만두었다. 발음하기 어려울 뿐 아니라 길기까지 했기 때문이다.

　그녀가 정원에 나오면 메리는 무엇이 좋은지 꼬리를 부지런히 흔들었다. 주인은 가끔 메리의 목줄을 풀어놓았다. 그런 날이면 메리는 정원에 나온 그녀에게 가까이 다가갔다. 나는 메리가 주변을 맴돌다가 순식간에 경중 뛰어오르면 뒤로 벌렁 자빠지는 그녀를 볼 수 있었다. 그러면 그녀는 꽃에서 시선을 잠시 거두고 메리와 놀아주곤 했다. 그런 그녀가 재미있는지 메리는 정원의 입구까지 달음질쳤다가 다시 그녀 가까이 접근했다. 그도 그럴 것이 메리를 상대해주는 사람은 주인 외에 그녀가 유일했다. 메리의 행동반경이 개집에서 정원으로 확장된 날이면 나는 즐거우면서도 정신이 어딘가로 달아나는 듯 어지러웠다. 왜냐하면 메리는 그녀뿐만 아니라 정원의 꽃과 꽃 사이를 넘나들던 팔랑거리는 나비들에도 겅중거렸던 것이다.

메리의 장난이 너무 심하다 싶으면 주인은 평소보다 일찍 메리의 목줄을 개집에 고정했다. 그러면 메리는 끙끙거리며 슬그머니 땅바닥에 목을 늘어뜨리고 혀를 뺀 채 정원의 그녀를 바라보았다.

"구구 꾸꾸 구구 꾸꾸"

나는 관음죽이 만든 그림자에 열기를 식히면서 유리창 밖에서 들려오는 멧비둘기 소리를 들었다. 관음죽의 이파리 끝도 갈색으로 변해가고 있었다. 갈색으로 잎이 변해가도 관음죽은 안달복달하지 않았다.

"그녀가 다시 오지 않으면 어떡해요?" 나는 시무룩한 목소리로 말했다.

"잎이 나는 것도 죽는 것도 내가 조절할 수 있는 게 아니야." 관음죽은 담담하게 말했다.

"어떻게 그럴 수 있어요?"

"나는 처음 이 집으로 옮겨져 그녀를 만나게 된 때를 기억하고 있어."

그날 밤 나는 관음죽으로부터 2년도 훌쩍 지난 그녀의 행동에 대해서 들었다. 그녀는 신문지를 베란다의 타일 위에 깔았다. 그리고 납작한 돌 위에 도토리를 올려놓고 작은 망치로 내려쳤다. 때론 엇맞은 도토리가 튕겨 관음죽의 잎을 흔들었다. 쪼그리고 앉은 그녀의 시선과 동작은 기계처럼 움직였다. 가끔 방으로 통하는 문 옆 벽에 기대앉아서 밖을 하염없이 내다봤다. 하지만 관음죽이 느끼기에 밖의 흘러가는 흰 구름을 본다거나 바람에 흔들리는 은행나무를 보는 것 같지는 않았다. 그렇게 그녀는 도토리 까기와 바깥을 바라보는 것을 거의 일주일 정도 계속했다. 그 당시 관음죽도 이 집에 온 지 얼마 되지 않았기에 모든 풍경이 생소하게 느껴졌다. 하지만 그녀의 집으로 오게 된 이유는 알고 있었다. 위로였다.

관음죽은 전 주인에 의해 그녀의 집까지 친절하게 옮겨졌다. 전 주인은 그녀에게 관음죽에 마음을 붙여보라는 당부의 말을 했다. 그녀는 짧은 대답만 했을 뿐 관음죽에 눈길도 주지 않았다.

베란다에 나비란이 없었다면 관음죽은 매우 외로웠을 것이라고 했다. 왜냐하면 관음죽이 예전에 살았던 집은 온갖 초록의 잎과 꽃으로 풍요로웠다. 관음죽은 분갈이하지 않아 발을 뻗을 수 없었다. 그녀의 집에 오던 날 전 주인이 당부했던 말은 그녀가 잊은 지 오래였다.

"관음죽이 불평하는 것을 본 적이 없어." 나비란이 말했다.

"어떻게 그럴 수 있어요?" 풍란은 목이 갈라졌지만 궁금했다.

"전 주인이 하는 얘기를 들었어. 그녀가 많이 사랑해서 많이 아플 거라고."

풍란은 고개를 갸우뚱했다. 사랑에는 저울이 달려 있어서 잴 수 있는가? 라면서 많다는 것이 무엇을 의미하는지 의아스러웠다.

그녀가 나타났다. 수도꼭지에서 흘러나온 물을 마신 풍란은 갑자기 세상 부러운 것이 없어졌다. 신문지를 깔고 도토리를 깠던 자리에는 원목의 사각 테이블이 놓였다. 양옆으로 나무 의자 두 개도 자리를 잡았다.

그녀의 손이 부지런히 움직이자 베란다 유리창은 말끔해졌다. 구름을 보면 마치 하늘의 숨결을 매만지는 듯한 착각이 일었다. 풍란은 갑자기 제주의 정원이 떠올랐다. 그곳에서 메리에 의해 엉덩방아를 찧던 그녀의 미소를 조만간 볼 수 있을 것 같았다. 오전 내내 베란다의 먼지를 제거한 그녀는 흐트러진 머리칼을 자유분방하게 두고 의자에 앉았다.

 최고급 커피인 루왁 커피는 아니었지만, 풍란은 그녀가 마시는 커피 향에 코를 킁킁거렸다. 물론 풍란은 루왁 커피의 향을 맡아본 적은 없다. 다만 펜션에 놀러 온 사람들이 하는 말을 귀동냥했다. 루왁은 인도네시아어로 사향고양이다. 루왁 커피는 시각과 후각이 예민한 사향고양이가 잘 익은 커피 열매를 따 먹고 배설한 대변을 수거해 원두만 모은 것이다. 커피 원두가 대변이 만들어지는 과정에서 함께 삭혀져 최고급 커피로 변신하는 셈이다.

 풍란은 루왁 커피에 대해서 처음 들었을 때, 마치 구린내가 옆에서 나는 것처럼 인상을 찡그렸다. 그러면서 사람들이란 맛있는 것이라면 똥 묻은 것도 아랑곳하지 않는 이상한 족속이라고 생각했다. 살다 보면 풍란의 몸에 거미가 똥을 싸거나 거미줄을 칠 때가 있었다. 그 똥은 너무 작아서 표시가 잘 안 났지만, 풍란의 기분을 옭아맸다. 그래서 햇살을 받아 그 똥이 부서져 사라지거나 빗방울로 씻길 때까지 신경이 쓰였다. 풍란이 이런 얘기를 했을 때 관음죽은 마음을 주지 않으면 신경이 날카로워질 이유도 없다고 간명하게 말했다.

 베란다에 원목의 사각 테이블이 놓인 날 풍란은 오래도록 그녀를 볼 수 있어서 좋았다. 물로 온몸을 직신 그날은 오랜만에 찾아온 휴식처럼 깊은 잠을 잤다.

 "얘! 얘!"

 아침에 풍란은 소리가 나는 쪽으로 고개를 돌렸다. 분명 나비란이 있는 자리에서 나는 소리였다. 하지만 나비란의 목소리가 아니었다. 자세히 보니 아주 가느다랗게 생긴 줄기가 올라와 있었다.

"넌 누구니?"

"나는 부추라고 해."

"왜 거기 있어. 그곳은 나비란의 영역이잖아."

"나는 나비란과 함께 살아. 주인은 씨앗이었던 나를 뿌려놓고 잊어버렸어. 그래서 한 번도 그녀의 몸에 유익한 도움을 줄 수 없었어."

"잊힌다는 것은 어떤 기분일까?"

"음. 내가 생각하기로는 나이를 셀 기분이 들지 않는 것과 같아?"

"그게 무슨 말이야? 이해가 안 돼."

"나는 나비란의 배려로 그의 물을 나눠 먹으면서 한 해를 연명해. 그리곤 몸이 시들면 흙 속으로 사라졌다가 이듬해 다시 기지개를 켜면서 자라나. 그래서 그녀에게 도움을 주지 못한 시간이라는 것이 내겐 무의미해."

풍란은 얘기를 들으면서 여전히 알쏭달쏭해 고개를 갸우뚱했다.

"어렵지? 너와 나는 태생부터 달라서 그래. 살아가는 의미 말이야. 나는 내 모든 것을 주어야만 행복하거든. 일종의 변신이라고 할 수 있어. 나를 녹여서 그녀의 핏줄을 튼튼하고 더욱더 생동하게 하는 것. 그래서 나는 노력하면서 갈망해. 나비란에 섞여 있지만 그녀의 눈에 띌 날을 고대하는 거지. 나비란이 꽃을 피울 때면 그녀가 꽃을 보기 위해 오랫동안 머물러. 그때가 기회라고 생각해."

"너는 우리와의 이별이 행복이구나. 완전히는 아니지만 조금은 알 것 같아. 하여간 반가워. 이곳에 관음죽과 나비란 외에 또 다른 생명체가 있다는 것은 좋은 거니까."

  부추가 하는 말의 의미를 이미 알고 있다는 듯 관음죽과 나비란은 침묵했다.

  풍란은 베란다 유리창 너머의 은행나무를 봤다. 새 한 마리가 가지에 앉아 바람 놀이를 하고 있었다. 새는 꽁지를 한껏 하늘 향해 세우고 흔들거렸다. 풍란은 바람이 얼굴을 스치기라도 한 것처럼 눈을 지그시 감았다.

  현무암에 잇닿은 제주 바닷가가 펼쳐졌다. 정신이 혼미할 정도의 파도가 들이치는 광경을 보는 것만으로도 온몸이 떨리던 바닷가였다.

  바위와 바위 사이에 푸릇하게 걸쳐져 있는 생명들은 모질게 부는 바람을 이겨내야만 했다. 뿌리를 내린다는 것은 온몸을 거는 일이었다. 풍란은 자신이 왜 그곳에 있는지 알 수 없었다. 주변에 있던 키 큰 나무들이 광풍에 쓰러졌다. 그래서 풍란은 별이 빛나는 밤이면 발을 달아 달라고 빌었다.

  그러던 어느 날, 풍란은 스스로 움직일 수 없었지만, 펜션의 정원으로 옮겨졌다. 펜션의 주인은 조경에 관심이 많았다. 그는 직접 모든 일을 했다. 각종 생명체의 위치를 잡아주고 자태가 잘 드러나도록 배려했다. 햇빛이 강렬한 날이 오래 지속되면 꼼꼼하게 정원의 식물에 물을 뿌렸다. 풍란은 고생 끝에 낙이 왔다고 여겼다. 정원에서는 움직이지 않아도 많은 사람을 엿볼 수 있었다. 모든 게 새로웠다. 주인을 빼곤 같은 사람은 없었다.

  6월의 햇살이 정원에 가득 비치던 날, 풍란이 젊은 부부로부터 한라산에 관한 얘기를 들었던 곳도 정원에서였다. 한라산 국립공원에는 일곱 개의 등산코스가 있었다. 어승생악, 어리목, 석굴암, 관음사, 성판악, 영실, 돈내코 탐방로가 그것이다.

젊은 부부는 지도를 정원에 있는 정자에 펼쳐놓고 소리를 내면서 각 탐방로의 특성에 대해서 조목조목 따졌다. 그들의 몸은 호리호리했고 항상 차를 타고 다녔다. 그들의 대화에 의하면 뭍에 사는 사람들은 제주도에 다녀왔다고 하면 빼놓지 않고 한라산에 올라갔다 왔냐고 묻는다고 했다.

그들은 영실 탐방로를 선택했다. 그들이 알아본 바에 의하면 영실 탐방로는 일곱 개의 탐방로 중에서 가장 쉬운 코스라고 소개되어 있었기 때문이다.

영실 탐방로로 코스를 정한 다음 날, 그들은 아침 일찍 움직였다. 가벼운 옷차림에 배낭도 없었다. 펜션에 돌아온 저녁에 풀어놓은 얘기는 무궁무진했다.

그들은 주차장에 차를 세운 후 영실 탐방로 입구에서 병풍바위를 지나 윗세오름까지 총 3.7km를 오가는데 다섯 시간이 넘게 걸려 다녀왔다.

영실 탐방로 입구와 가까운 곳에는 수피가 붉고 미끈하게 뻗은 소나무로 빼곡했다. 평소 운동을 하지 않은 몸은 쉽게 지쳤다. 약간의 오르막길만 올라도 심장의 박동이 귀에 들릴 정도로 급격히 반응했다. 그래서 잠시 쉬기를 반복하면서 산을 오를 수밖에 없었다. 산속의 기후는 변화무쌍했다. 따가운 햇볕이 쏟아지는가 싶으면 구름이 하늘을 뒤덮었다. 거센 바람이 몸을 훑다가 미풍이 머리카락으로 귓불을 간질였다. 안개는 산의 원판을 휘젓고 다녔다. 찰나에 마주한 병풍바위는 위용을 드러냈다. 지친 몸은 산이 보여준 멋진 기암에 정화하고 가쁜 숨을 고르면서 구상나무 숲도 지났다. 다시 다리가 아플 즈음 만난 한라산 고산지대인 선작지왓은 갑자기 확 트인 풍경으로 인해 탄성을 뿜어내게 했다. 여유로운 마음으로 바람에 잎 비비는 조릿대의 소리를 듣다가 마셨던 노루 샘터에서의 목축임은 잊을 수 없다고 했다.
젊은 부부는 잠을 자러 방으로 들어가며 제주를 떠나기 전에 쏟아지는 별을 봐야겠다는 말을 흘렸다. 풍란은 활기차진 그들을 보면서 체험이란 목소리에 힘을 담뿍 담아주는 역할이라는 생각이 들었다.
나비란이 코를 킁킁거렸다.
"무슨 일이 있는 거예요?" 풍란은 정오의 고요를 깨면서 말했다.
"조금 있으면 바람이 올 거야."
"어떻게 알아요?"
"냄새를 맡아 봐."
"된장찌개 냄새인걸요."
조금 후 베란다에 그녀가 나타났다. 그녀의 목에는 분홍색 수건이 걸쳐져 있었다. 그녀는 유리창과 방충망까지 활짝 열었다. 순간 풍란의 눈에 티끌이 걷히며 은행나무 잎이 선명하게 보였다.
"아!" 풍란은 짧게 탄성을 질렀다.
"이제 알겠어?"
풍란은 바람에 익숙했다. 하지만 그녀의 집에서 맞이한 바람은 새삼스러웠다. 예전에 머물렀던 제주는 사시사철 바람이 사방팔방에서 불었다. 바람이 내는 엄청난 소리로 두려웠던 날도 많았다. 바람이 지나가면 뿌리가 뽑힌 채 끝내 파릇함이 되돌아오지 못하는 이웃도 많이 보았다. 풍란의 몸은 되도록 수직보다는 수평을 선호했다. 그래서 하늘을 향해 뻗어 오르기보다는 옆으로 비스듬히 누웠다. 혹여 누군가 키가 작다고 깔볼지 몰라도 이것은 생존의 문제였다. 그래서 풍란은 비바람이 세찬 날이면 현무암의 숭숭 뚫린 구멍 사이를 뿌리로 더욱더 움켜쥐었다.

"진짜 바람을 못 보았군요?" 풍란이 장난스럽게 말했다.

"바람에 가짜도 있어? 그런 얘기는 들어본 적이 없는데." 나비란이 목소리 톤을 올렸다.

"제가 말하는 진짜란 세기가 엄청난 것을 말해요. 음… 소멸의 갈림길에 발을 내미는 것 같은 그런 거요." 풍란은 갑자기 너무 심각해지는 것 같아 고개를 저었다.

"하여간 그런 게 있어요. 지금 불어온 바람은 된장찌개의 냄새를 없애기에 충분한 것 같네요." 풍란은 경험해보지 못한 것을 말로만 설명한다는 것이 어렵다는 것을 비로소 알았다.

환기가 되자 방충망과 유리창을 닫은 그녀는 베란다에 있는 의자에 앉았다. 원목의 사각 테이블에 언제 옮겨졌는지 노트북이 웅하며 켜지는 소리가 풍란의 귀에 울렸다. 한동안 잊고 지냈던 반가운 소리였다. 그녀는 노트북을 켜놓고 은행나무 너머를 한참 동안 바라봤다. 풍란은 그녀의 시선을 따라 고개를 돌렸다.

지난밤, 달빛이 비쳤던 하늘가에 하얀색 구름이 종종걸음을 쳤다. 그녀는 오랫동안 같은 자세로 시선을 거두지 않았다. 그녀를 지켜보던 풍란의 몸이 뒤틀릴 즈음, 그녀는 가슴 가까이 노트북을 끌어당겼다.

그녀가 자판을 두드려 내는 소리는 풍란에게 경쾌하게 들렸다. 줄달음치듯 **빠르다**가 낮게 속살거리고 어느새 잠시 멈추며 소리를 잠재웠다. 오후 내내 풍란은 그녀의 표정에 무한한 행복이 깃드는 것을 보았다.

"그녀의 얼굴을 보았지요?" 풍란은 호들갑스럽게 말했다.

"어떤 얼굴?" 관음죽은 조용히 말했다.

"그녀가 행복하게 변했어요!" 풍란은 신나서 목소리를 높였다.

"순환하는 것을 봤구나." 관음죽이 말했다.

"그게 무슨 말이에요. 그녀가 변했다고요. 다른 사람이 된 거예요."

"그녀의 슬픔을 위로해주려고 이 집에 왔다고 했잖아. 잠시 그것이 이루어진 거야."

"너를 들여다봐. 뭐가 보이지?" 관음죽은 여전히 조용하게 물었다.

"저를 왜 들여다보라는 거예요. 저는 어제도 오늘도 풍란일 뿐이에요."

"너의 감정은 어때?"

"시시각각 변해요."

"시시각각 변한 너를 보고 네가 변했다고 할 수 있을까?"

"글쎄, 잘 모르겠어요. 뭔가 숨겨진 게 있는 것 같기도 하고……." 풍란은 난감한 표정을 지었다.

"그녀는 잠시 자신이 원하던 것을 한 거야. 그래서 행복해 보였던 거야."

"원하던 것을 했다고요?"

그날 이후, 풍란은 오랫동안 잠을 이룰 수 없었다. 관음죽이 말했던 순환이 무엇인지 정확히 알 수 없었지만, 풍란은 관음죽이 말한 순환이 그녀의 어딘가에 숨어있어 다시 문을 닫은 것만 같았다. 노트북을 두드릴 때 보았던 표정을 한동안 찾아볼 수 없었기 때문이다.

어느 날 자고 일어났을 때, 풍란은 나비란에서 하얀 입술 같은 것이 삐죽하게 올라온 것을 보았다. 풍란은 말을 걸어보기로 했다. 궁금한 것은 참아내지 못했다.

"너는 또 뭐니? 저번엔 부추가 갑자기 등장했는데."

"나는 나비란의 분신이야. 무에서 유로 보여주는 결실." 하얀 입술은 앙증맞으나 단호하게 말했다.

"어떻게 너는 그것을 확신해? 결실이라고."

"우리는 목이 마를수록, 가슴 깊숙한 곳으로부터 힘을 끌어내거든. 우리를 보면 그녀의 눈이 점점 커지면서 은밀한 미소를 보여줘. 그렇다고 해마다 같은 꽃을 피우는 건 아니야."

"해마다 다르면서 어떻게 그녀의 눈이 커진다고 말할 수 있어?"

"우리는 매번 다른 나지만 그 근본은 같아. 그래서 그것으로 만족해."

"너는 한번 흘러가면 다시 만날 수 없는 강물 같은 거구나. 다시 오지 않는." 풍란은 언젠가 본 강물이 불현듯 떠올랐다.

"강물?" 하얀 입술은 짧게 말했다.

"이곳으로 오기 전에 강물을 본 적이 있어. 만나자마자 헤어지긴 했지만."

"나는 그것이 무엇인지 모르겠어. 나는 여기서 태어나고 또 여기서 소멸해."

"소멸! 언제? 벌써 슬퍼지려고 해." 풍란은 반가웠던 기운이 금세 어딘가로 빠져나가는 것 같았다.

다음 날 아침, 하얀 입술은 같은 모양의 동생들을 줄줄이 소개해주었다. 한동안 나비란의 화분 곳곳에서 꽃 잔치가 벌어졌다. 풍란은 소멸이라는 말이 머릿속에 계속 맴돌았지만 내색하지는 않았다. 다만 그들의 찬란한 아름다움을 기억에 오래 새기기 위해 잠에서 깨어나면 곧장 인사를 건넸다.

풍란은 제주의 펜션보다 작은 그녀의 집 베란다에서 종종 혼란스러웠다. 그동안 겪어보지 못한 감정이 속속 솟구쳤기 때문이다. 이런 감정은 새로움인 동시에 서툶이었다, 그럴 때마다 관음죽은 풍란의 말을 들어주고 마음을 어루만져 주었다. 관음죽의 말에 확실한 답이 있는 것은 아니었지만, 관음죽은 풍란을 억지로 이해시키려고 강요하지 않았다.

　풍란은 그녀의 손길이 닿은 물을 마시면서 마음의 기슭에서 조금씩 넓어지는 자신을 들여다봤다. 베란다 창으로 꽁지를 한껏 세운 새 한 마리가 은행나무에 앉아 바람에 몸을 맡기고 있었다. 그 바람의 춤은 너무나 자연스러웠다. 풍란은 자신도 모르게 눈물이 주르륵 흘렀다. 마음의 강이 하늘의 구름이 되어 흘러가고 있었다.

금성의 똥꼬

\*

 희수가 온다고 했다. 그 애가 언제 집에 다녀갔는지 기억이 나지 않는다. 아내는 부쩍 날짜를 헤아리는 눈치다. 금성은 어제도 오십천 강가에 앉아 낚시를 했다. 지렁이를 미끼로 물속에 던져둔 낚싯줄 끝 찌는 한참 동안 요동이 없었다. 가끔 새가 강물 위로 내려앉다가 이내 허공으로 솟구쳤다. 고개를 젖히고 그 새를 좇다보면 햇빛이 눈 속을 헤집으며 머릿속을 아득하게 했다. 어지러움에 눈을 감으면 총알이 날아왔다. 턱이 날아간 용수가 초가집 마당에 서서 히죽거렸다. 용수는 불알친구로 지금은 이 세상에 없다.

 검은 덩어리가 떨어져 있다. 그것을 향해 등을 굽히던 희수의 동공이 점점 커졌다. 손끝에서 뭉클거리던 덩어리는 물을 내리자 변기 속으로 빠르게 빨려 들어갔다.
 엄마는 반찬을 사각 플라스틱 용기에 담아냈다. 유리 장식장에는 접시가 차곡차곡 쌓여있었다. 일 년 만에 본 엄마의 입은 옴팍했다. 틀니는 개수대 옆 밥공기에 담겨져 있었다.
"병원 진료를 받아봤으면 내 원이 없겠다."
전화기로 듣던 엄마의 목소리가 희수의 어깨 옆에서 들렸다.
"누구에게 말하겠나. 너 밖에."
희수는 또다시 반복될 엄마의 말이 머릿속에 맴돌았다.
"좀 존중해주면 안 되는 거야?"
개수대 안에 놓여 있던 수저가 희수의 손끝에 부딪히며 쇳소리를 냈다.
"틀니는 왜 빼둔 거야?"
틀니를 담아둔 밥공기로 향하는 엄마의 오른손이 위아래로 심하게 떨렸다.

아버지의 낚시 가방은 신발장 옆에 세워져 있다. 개조한 얼룩무늬 교련복 바지는 가벼움에 아버지의 낚시 가방으로 낙점되었다. 낚시 가방의 모서리 실밥이 뜯어져 있다.

아버지의 머리맡은 잡동사니로 어지럽다. 전날 밤에 마시던 자리끼에서부터 낚싯바늘, 신신파스, 시침이 멈춰버린 시계, 간식거리와 엄마의 고혈압 약까지 쭉 펼쳐져 있다. 아버지는 물결무늬 벽을 향해 모로 누워 오도독오도독 소리를 냈다. 쌀 튀밥 강정, 옛날 과자 전병, 화려한 빛깔의 눈깔사탕은 그 소리 속으로 줄어들었다. 소리가 안 나는 날이면 입술 언저리에 초콜릿 흔적을 남기거나 청포도 향기가 머리맡에 퍼지기도 했다. 아버지는 청포도 알사탕은 꼭 빨아 드셨다.

엄마는 아버지가 똥을 지린다고 했다. 아니 냄새도 못 맡는지 팬티에 묻힌 채 가만히 있다고 했다. 아버지의 척추는 곧아 앉은 자세가 이십 대보다

나았다. 희수는 아버지의 얘기를 듣다가 자주 등받이를 찾았다.

　엄마는 잠자리에서 일어날 때 체조를 했다. 희수는 집에 간 다음 날이면 엄마의 몸동작을 어김없이 보았다. 엄마는 희수에게 자신의 동작을 따라 하게 했다. 혈액순환과 건강에 유익하다는 것이다. 정수리에서 발끝까지의 몸놀림은 순서를 정해 나름 체계적이었다. 손끝으로 얼굴 마사지까지 하고 발을 들어 올려 허리를 곧추세울 때 엄마는 희수보다 유연했다. 이것은 잠자리를 털고 일어나는 기본 동작이다.

　엄마의 체조는 주방으로 나간 후에도 이어졌다. 하나둘 하는 구령은 열어 둔 방문 사이로 들려 왔다. 희수가 눈을 비비며 주방으로 나가보면 체조는 주방 앞 아파트 복도에서 이루어졌다. 발을 바닥에 붙이고 양팔을 노처럼 휘젓는 엄마의 동작은 희수가 학교에 다닐 적에 했던 국민체조다. 엄마의 이마에 땀이 송골송골 맺혀 있다. 나중에 안 일이지만 체조는 기억자형 아파트 복도를 일곱 바퀴 돌고 난 후에 하는 몸풀이 동작이었다. 엄마의 구령은 막바지로 치닫고 태양은 주변을 환하게 비쳤다.

　희수는 복도식 담벼락에 양팔을 올리고 겹친 손등 위에 턱을 괴었다. 코를 킁킁거리며 상큼한 공기를 폐부 깊숙한 곳으로 들이마셨다. 둔덕 위 미루나무 잎이 햇살에 반짝였다.

　한 동뿐인 아파트는 조용했다. 곡선형 뒷길은 콘크리트 포장으로 대학 캠퍼스와 연결되어 있었다. 그 길을 따라 학생 한 명이 올라가고 있었다. 가끔 택시도 그 길을 따라 넘어왔다.

　몇 해 전만 해도 엄마의 산책 코스는 강원대학 삼척캠퍼스 안까지 이어졌다. 집에 온 다음 날이면 희수는 엄마를 따라나섰다. 길옆은 풀꽃과 잡목들로 가득했다. 길에는 지렁이가 꿈틀거리며 기어다녔다. 아버지가 낚시를 시작했을 때 엄마는 지렁이를 보면 기겁을 했다. 하지만 지금은 산책길에서 마주친 지렁이를 검정비닐 봉지에 담아오며 미끼의 일부를 충당했다. 그것은 여전히 표정을 찡그린 채 이루어졌다. 비가 온 다음 날이면 유난히 길로 기어 나오는 지렁이로 인해 희수는 발끝을 세우며 종종거렸다. 아버지만 좋을 일이었다.

 아버지는 오십천에서 낚시를 했다. 백병산에서 발원한 오십천은 삼척에 이르면 관동팔경 중 제1루인 죽서루 옆으로 흘러 동해안에 이른다. 아버지는 오십천을 가로지르고 있는 삼척교를 기점으로 위아래로 오르내리며 낚시터를 잡는다고 했다. 부산에서 7번 국도를 따라 북상하다가 삼척 시내로 들어오려면 삼척교를 건너게 된다. 희수는 버스가 그 다리를 건널 때면 고개를 돌려 이리저리 천변을 살피곤 했다. 물만 햇빛에 반사되어 반짝일 뿐 한 번도 아버지를 눈 속에 포착하지는 못했다.

 아버지는 강물에서 똥꼬를 낚싯대로 낚아 올렸다. 처음부터 똥꼬를 낚을 생각은 추호도 없었다. 낚시는 몸이 허약해 시작한 쉼이었다. 폐결핵으로 한쪽 폐가 석회화된 아버지는 완치되었어도 이십 년이 넘도록 낚시를 했다.

 아버지가 민물에서 처음 낚은 붕어는 몇 날을 붉은 함지박 물속에 담겨 있었다. 함지박 가까이 가면 비릿한 냄새가 진동했다. 입 짧은 아버지는 붕어 먹기를 마다했다. 엄마도 처치 곤란한 눈치였다. 서너 마리가 아니었다. 붕어는 친척들 몸보신용으로 처리되었다. 그 후 아버지는 미끼를 교체했다.

 어느 날 냉장고 문을 연 희수는 파란 통을 보고 엄마에게 물었다.

"이게 뭐야?"

"아버지, 미끼통."

"왜 미끼통을 냉장고에 넣는 거야? 반찬 넣는 곳에 냄새나게."

"네 아버지가 그랬다. 낚시 갔다 오면 먼저 챙겨 넣는다."

"그럼 죽은 거야? 뭔데?"

"지렁이다. 꿈틀거린다. 내가 힘이 있나."

희수는 아파트를 나와 곡선형 길이 끝나는 지점에 올라섰다. 캠퍼스 내 건물을 등지자 앞 시야가 확 트였다. 저 너머로 산등성이가 굽이굽이 이어졌다. 집에 오면 바람의 길이 트인 게 좋아 희수는 엄마의 운동 겸 하는 산책에 동행했다. 벤치에 앉아 산등성이를 보고 있으면 가슴이 후련했다. 도심에서 각인된 소음이 바람이 내는 청량한 냇물에 씻기는 듯했다.

엄마는 긴 숨을 들이쉬고 내쉰 후 양 손바닥을 마주쳤다. 혈액순환에 좋다는 것이다. 어떤 박사가 아침마당에 나와 알려줬다고 했다. 아침마당은 엄마가 즐겨보는 텔레비전 프로다. 엄마는 양 손바닥을 마주치며 숫자를 백 번까지 헤아렸다. 엄마의 숫자세기는 양 손가락 끝 마주치기까지 하고 마쳤다. 숨을 다시 고른 후 엄마는 벤치 등받이 깊숙이 등을 기댔다.

엄마와 앉은 벤치는 교정의 뒤편에 있었다. 엄마는 지나가던 여자와 인사를 나눴다. 그 여자의 집안 사정까지 아는 걸로 봐서 한두 해 알고 지낸 사이가 아닌 듯했다. 엄마는 그 여자네 집 사정을 희수에게 얘기했다. 그 사정 속에 자주 등장하는 말은 돈, 돌봄, 정성, 약 같이 어느 집에나 있을 법한 것들과 죄, 벌이라는 말도 나오곤 했다.

엄마는 집에서 나올 때 상의 주머니에 휴지를 꼭 챙겨 넣었다. 산책 중에 급한 볼일을 볼 수가 있다는 것이다. 엄마는 학교 관련자도 아니면서 건물의 어느 구석에 화장실이 있는지 희수에게 알려주었다. 심지어 교정에는 엄마의 개인 나무도 있었다. 그것은 위풍당당해 보이는 전나무였다. 그 곁을 엄마는 그냥 지나치지 않았다. 한참 동안 두 팔을 벌려 나무의 둥치를 끌어안고 두 눈을 감고 서 있었다. 그 행위는 장엄하기까지 했다. 희수는 엄마가 기도를 마칠 때까지 기다려야 했다. 해찰하는 아이가 되어 발끝을 물끄러미 내려다보다가 엄마 한 번 쳐다보기를 반복했다. 엄마는 희수에게도 기도를 권했지만 강요하지는 않았다. 희수가 기도 내용을 물으면 엄마는 미소를 지으며 가족의 무탈을 빌었다고 짧게 말했다. 엄마에게 그 전나무는 신령 나무인 듯했다. 엄마는 발을 삐끗해 산책을 못했을 때 나무가 꿈속에 나타났는데 가지가 뚝뚝 잘렸다고 했다. 몸이 쾌차해 다시 보니 가지는 꺾여 있었다고 했다. 엄마는 전나무가 엄마에게 소식을 전해준 것이라고 굳게 믿었다. 여하튼 엄마는 대학 캠퍼스에 오면 전나무를 끌어안고 기도하는 것을 잊지 않았다.
　전나무를 지나 제3공학관 앞쪽으로 나오면 시내가 쫙 펼쳐져 있었다. 강원대학교 삼척캠퍼스는 지대가 높은 곳에 있었다. 엄마는 희수와 걸으며 시내를 손끝으로 가리켰다. 엄마의 손끝을 따라가 보지만 모든 게 생소했다. 엄마는 희수가 모든 것을 알기라도 하는 듯 건물 이름을 줄줄이 댔다. 고작 희수가 짐작하는 것은 삼척병원 뒤편으로 장미공원이 조성되어 있고 천변에서 아버지가 낚싯줄을 늘이고 지금 계시리라는 것. 그것이 전부였다. 이곳은 엄마의 고향이지 희수가 태어난 곳은 아니었다.

부모님이 거주하는 곳은 공기가 깨끗했다. 집은 여느 집과 다르게 천장이 높았다. 아버지는 공기가 깨끗하고 천장이 높아 좋다고 했다. 방의 너른 창은 하늘까지 품었다. 희수는 직장동료가 고향에 가냐고 물으면 꼭 부모님이 사는 곳이라고 토를 달았다.

서른 살부터 오십이 넘도록 희수는 부산에서 지내고 있었다. 부모님이 느끼는 희수와의 거리는 버스가 부산 노포동 터미널을 출발해 삼척 종합버스정류장에 도착하기까지 걸리는 시간이었다. 그 소요 시간은 처음엔 일곱 시간이 넘었고 지금은 네 시간으로 줄어들었다. 버스는 7번 국도를 타고 북상하다가 병곡 휴게소에서 한차례 쉬었다. 그 고정된 규정으로 인해 네 시간은 더 좁혀지지 않았다. 희수는 병곡 휴게소를 출발한 버스가 한 시간쯤 지나면 민둥산의 흔적을 찾아 고개를 좌우로 돌려보곤 했다.

2000년에 난 동해안 산불이 떠올랐기 때문이다. 산불은 그해 4월 7일 강원도 고성군 토성면 학야리에서 발화하여 4월 15일까지 강릉시, 동해시, 삼척시, 경상북도 울진군 일대의 산림 23,794헥타르를 태우며 이재민을 발생시켰다. 희수는 미리 직장에서 받아둔 휴가를 도로 양옆 산과 산 사이를 건너뛰며 이글거리던 불꽃으로 인해 날려버렸다. 그때엔 7번 국도를 달리는 차 안에서 집이 점점 가까워지면 가슴이 설레었다. 지금은 집에 도착까지의 소요 시간이 예전보다 짧아졌지만 삼척 종합버스정류장에 내리면 희수는 낯설기만 했다. 그래서 버스에서 내리면 얼른 대기 중인 택시에 올라탔다. 부모님께 드릴 선물은 파리바게뜨가 삼척에 없는 것도 아닌데 항상 부산에서 샀다.

희수는 간밤에 잠을 설쳤다. 아버지는 방 등을 밤새도록 켜놓았다. 희수는 수건으로 눈을 가려보았지만, 잠자리가 바뀐 탓에 잠이 쉬이 오지 않았다. 잠에 빠져들 무렵 이부자리에서 하는 엄마의 체조가 시작되었다. 아버지는 뒤척이다가 자정이 지나 낮게 푸푸 하는 입소리를 냈다. 언제 세수를 했는지 아버지가 텔레비전을 켜놓고 등을 꼿꼿이 하고 요 위에 앉아 있다. 체조를 끝낸 엄마가 상을 들여놓고 다시 주방으로 나가면서 희수에게 물었다.

"아버지랑 같이 밥 먹을래?"

희수는 몸을 일으켜 장롱에 기대앉으며 고개를 좌우로 저었다.

갈비탕에 밥을 말아 한술 뜬 아버지가 갑자기 부산스럽다.

"이봐!"

엄마는 사과 주스를 쟁반에 받쳐 들고 잰걸음으로 방에 들어왔다.

입가에 묻은 주스의 거품을 손등으로 스윽 문지른 아버지는 체크무늬 남방 위에 바람막이 잠바를 걸쳤다. 잠바는 햇빛에 색이 바래있었다. 아버지가 올려다본 벽시계는 일곱 시 십 분 전이었다. 아버지는 현관으로 나가 운동화를 신었다. 엄마는 아버지 등 뒤에서 양 옆구리에 손을 끼워 일으켜 세웠다. 그리고 낚시 가방을 아버지의 등에 메어 주었다.

"다녀오세요."

엄마는 2층에서 아버지가 눈에 보이지 않을 때까지 내려다보았다.

"엄마, 이렇게 빨리 낚시하러 가시는 거야?"

"그래, 내가 이러고 산다."

싱크대에는 아버지의 점심으로 보온병에 담아주고 남은 미숫가루가 붉은 색 바가지에 담겨있었다. 그 옆에 챙겨주고 미처 냉장고에 넣지 못한 요구

르트도 뉘어져 있었다.

"이거 마셔볼래. 이래 보여도 11가지를 넣어 빻은 거야."

희수는 엄마에게 따로 챙겨주는 용돈이 어떻게 사용되는지 익히 알고 있었다.

젬백스가 알츠하이머 치료제로 개발 중인 GV1001의 2상 임상시험이 종료됐다. GV1001에 대한 임상은 국내에서 치매 중등도 이상의 환자를 대상으로 하는 유일한 임상시험이었다. 현재 젬백스는 FDA로부터 GV1001에 대한 미국 임상 2상에 대한 승인을 받은 상태로 국내에서 종료된 2상 결과에 따라 미국 임상 진행 여부에도 영향을 미칠 것이라고 했다.

우리나라 65세 이상의 노인 인구 중에서 치매 환자의 수가 급속도로 증가하고 있고, 전 세계적으로 보면 2050년이 되면 치매 환자가 1억 명 정도 될 것이라고 예상한다고 했다. 치매 신약에 대한 기대감 때문에 주식시장에서 젬백스의 주가는 연일 상승곡선을 타고 있었다.

희수는 TV 방송을 본 후 손가락 안쪽 끝 살갗의 무늬를 내려다보았다. 지문처럼 치매치료제의 성공에도 확실한 지도가 필요할 것이다. 맑은 날, 호수 위에 비친 데칼코마니처럼 황홀하면서도 절대 지워지지 않는 확실한 한 방. 그것은 가정을 세우는 새로운 전환점의 한방이 되어야 하리라.

냉장고 문을 열면 파란색 미끼통 옆에 박카스 병이 병정처럼 세워져 있다. 엄마는 낚시터에서 돌아온 아버지의 겉옷을 벗긴 후 박카스를 한 병씩 마시게 했다. 명목상 피로회복에 좋다고 하지만 엄마는 타우린에 대해 알고 있는 것일까? 엄마는 TV를 통해 온갖 정보를 빠르게 흡수했다. 희수는 아버지에 대한 엄마의 지극정성을 타우린과 연관 지으면서도 직접 물어보진 않았다. 타우린은 인지기능을 담당하는 곳의 세포들을 활발하게 활동하도록 도와 치매 예방에 도움이 된다고 알려져 있었다. 요즘 엄마의 목소리 톤은 점점 날카로워지고 있다.

 오후 네 시, 택시는 아파트 정문을 지나자마자 멈춰 섰다. 아버지는 여느 때처럼 엄마의 손에 이끌려 택시에서 내렸다. 엄마는 낚시 가방을 챙기고 거스름돈을 받을 때까지 운전사에게 연신 고개를 굽실거렸다. 아버지의 바지에서 지린내가 풍겼던 것이다. 아침에 물 대신 챙겨 보냈던 요구르트는 잠바 주머니에 그대로 남아있었다. 오전 7시에서 지금껏 물 한 모금 안 마신 셈이다. 물속에 들어가지 말라고 엄마가 신신당부했는데도 바지는 허리춤까지 젖어 있었다. 걸을 때마다 운동화에서 삑삑 소리가 났다. 바지를 무릎까지 적셔오는 날은 많았다. 급기야 아버지는 지린내까지 풍겨 엄마의 가슴에 화톳불이 되었다.
 엄마는 아버지가 낚시를 다녀오면 입고 있던 옷을 벗겼다. 그 탈의에도 순서는 있었다. 먼저 겉옷과 양말을 벗겼다. 런닝과 사각팬티만 입은 아버지는 방석 위에 앉아 그날 잡아온 똥꼬의 배를 갈라 창자를 뺐다. 이 작업만은 엄마에게 맡기지 않았다. 손가락을 베었던 것이다. 엄마의 손은 긴장할수록 심하게 떨렸다. 창자를 뺀 똥꼬는 물에 헹구어 검은 비닐에 담아 저울 위를 거친 후 냉동실로 옮겨졌다. 그 후 아버지의 완전한 탈의와 간단한 세수가 이루어졌다. 말끔히 옷을 갈아입은 아버진 머리맡에 둔 돋보기를 끼고 방에서 낚싯대를 정리했다. 희수가 일 년에 두세 번 집에 가서 보는 일련의 행위는 몇 년이 흘러도 거의 변화가 없었다. 근래 들어 엄마는 병원 타령을 자주 했다. 그러면서 아버지가 이상하다고 했다. 그 이상함에는 평소와 다름이 포함되어 있었다. 하지만 함께 많은 시간을 보내지 않는 희수로서는 짐작하기 어려웠다.

집에 가면 아버진 늘 잘 지낸다. 신경정신과 약도 이젠 하루 두 번이 아닌 한 번만 먹어도 된다는 말을 희수가 묻지 않아도 했다. 앉을 때 아버지의 등은 여전히 꼿꼿했다. 다름이 있다면 얼굴이 태양빛에 많이 그을려 있었다. 낚시터에서 돌아와 시계를 뺀 손목에는 선명하게 줄무늬가 그려져 있었다. SPF 지수가 50인 선크림을 희수의 닦달에 못 이겨 얼굴에 발라도 따가운 햇볕은 아버지에게 계절의 무늬를 남겼다. 아버지의 피부톤은 일 년 주기로 짙어졌다가 옅어지기를 반복했다. 아버지의 생활은 겨울잠을 자는 곰의 주기를 닮았다. 찬바람이 불면 아버지는 방에서 긴 하루를 방바닥에 등을 대고 지냈다.

"이봐!" 아버진 누운 채 주방에 있는 엄마를 불렀다.

엄마는 아버지 옆에 바짝 다가와 앉았다. 하나둘 입소리를 내며 아버지의 팔다리를 주무르기 시작했다. 팔, 다리 각각 백 번의 구령 소리가 낮고 길게 이어졌다. 엄마의 아버지에 대한 하루 일과는 그렇게 마무리되었다.

낮 동안 격투기를 거쳐 동물의 왕국을 보던 아버지의 고정 채널은 8시 30분이 되면 엄마에게 넘겨졌다. 엄마는 일일연속극을 보거나 피곤이 덜 한 날이면 밤 10시에 하는 국민 장수프로그램인 가요무대를 시청했다. 간간이 고단한 날이면 일일연속극을 보다가 이내 잠이 들기도 했다. 희수는 그 옆에 누워 아버지에 대한 무한한 선함이 어디에서 오는 것일까 하면서 잠이 든 엄마의 얼굴을 들여다보곤 했다.

"아버지, 엄마 소원인데 검사 한번 받아보시죠?"
"무슨 소리야! 아픈 데도 없는데. 네 엄마가 그러더냐? 걱정 마라. 쓸데없이."

아버지는 예상대로 언성을 높였다. 병원 얘기만 나오면 번득이는 저 눈빛을 어찌 삭힐까 하면서 희수는 가슴이 서늘해졌다.

"우리 걱정하지 마라. 보약은 안 먹어도 삼십 년째 삐콤은 꼭 챙겨 먹는다. 노인 중에 우리처럼 사는 사람도 없다. 아버지 친구 순호 알제?"
"네."
"근덕에 있는 요양원에 있다. 저번에 가봤는데 집에 가고 싶다고 따라 나오더라. 순호 안사람이 아버지 보고 면회 오지 말라더라. 그런 나쁜······."

아버지의 입술이 부르르 떨렸다.

"요양원에 모신다고 나쁜 건 아니에요. 시대가 그런걸."
"자식도 있는데 그게 불효지 뭐야! 난 안 간다. 난 엄마보다 하루 더 살란다."
"왜요?" 희수는 눈을 동그랗게 뜨며 물었다.
"엄마를 두고 어찌 가냐."

아버지는 당연하다는 듯 얘기했다.

옆에서 희수와 아버지의 대화를 듣고 있던 엄마가 끼어들었다.

"내 절대로 당신 안 보낼게요. 요양원에. 내가 수발 다 하리다. 운동을 열심히 하고 있잖아요."

"……."

아버지는 엄마를 그윽하게 바라보았다.

희수는 엄마가 운동에 집착하는 이유를 익히 알고 있었다. 그것은 희수에게 부담을 주지 않음은 물론 아버지를 안심시키기 위한 수단이었다.

희수는 아버지의 코 고는 소리를 들으며 엄마에게 살짝 말했다.

"엄마, 아버지 하자는 대로 그냥 둡시다. 괜히 신경 곤두세우게 하지 말고."

희수를 바라보는 엄마의 눈은 거부감이 서린 채 점점 커졌다.

금성은 가끔 어지러움을 느꼈다. 저번엔 미끼를 산다고 낚시점 앞까지 갔다가 그냥 집으로 돌아왔다. 아내가 맨손으로 돌아온 그에게 미끼에 관해 물어봤을 때 금성은 낚시점 문이 닫혀 있었다고 얼버무렸다. 이런 날이면 금성은 6.25 때 인민군 패잔병에게 함께 잡혔던 용수가 떠올랐다. 두타산 아래 삼화와 잇닿은 고갯길을 지난 마을에서였다. 패잔병이 쏜 총알이 용수의 턱을 관통했다. 마당에 먼지를 일으키며 용수는 고꾸라졌다. 패잔병이 총을 쏜 이유는 고작 귀찮다는 것이었다. 북으로 끌려가던 금성은 뒷간의 똥통 안벽에 숨어 있다가 간신히 집으로 돌아왔다. 그때 금성의 나이 열여섯 살이었다.

금성은 작은 공간에 들어가면 숨이 탁 막히면서 두려움이 몰려왔다. 두려움이 심한 날이면 잠든 아내를 깨워 시내에 있는 병원에 갔다. 야간 당직의사는 임시방편으로 진정제를 처방했다. 금성은 꼬박 두 시간 동안 진정제가 섞인 링거를 맞은 후 집으로 돌아오곤 했다.

　응급실에 다녀온 날이면 패잔병들이 사라진 금성을 날카로운 욕설을 하며 찾던 급박한 발걸음과 16세 때의 뒷간 똥통이 심연으로부터 밀물처럼 들이쳤다. 똥통 안 눈앞에서 기어 다니던 구더기와 입을 세차게 틀어막았던 양손과 동공을 점점 키우던 일촉즉발의 몸이 떠올랐다.

　패잔병들은 총알이 아깝다고 죽창으로 민간인을 찔렀다. 그들은 두부처럼 무너졌다. 죽창을 살덩이에서 빼어내면 염천의 마당 가로 붉은 피가 솟구쳤다.

　이십 년 전, 순호는 새 아파트로 이사했다고 금성을 초대한 적이 있었다. 아파트 현관문을 들어선 후 금성은 채 5분도 견디지 못하고 그곳을 빠져나왔다. 갑갑하면서 불안감이 가슴을 두방망이질했다. 아파트의 천장이 너무 낮았던 것이다. 그날 이후 금성은 줄곧 신경정신과에서 약을 타서 복용했다.


　새벽 네 시, 변기 물이 내려가는 거친 소리와 후푸후푸 하는 소리가 짤막하게 났다. 아버지는 화장실 문을 꽉 닫지 않는다. 후푸후푸 하는 소리는 손바닥을 오므려 받은 물로 얼굴을 씻을 때 나는 소리이다. 아버지의 세수는 간결했다. 비누칠을 하지 않는 것이다.

　낚시터에 아버지를 보내놓고 엄마는 아버지의 목욕에 관해 희수에게 입에 거품을 물며 말했다. 희수는 이제껏 아버지가 목욕하는 것을 본 적이 없다. 5월의 어느 날, 아버지는 엄마에게 목욕물을 부탁했다. 웬일인가 싶어 엄마는 창고에서 낑낑거리며 커다란 고무 함지박을 꺼냈다. 고무 함지박은

욕조 대용이었던 것이다. 콧노래까지 흥얼거리며 엄마는 오랜 시간을 들여 고무 함지박에 물을 가득 받았다. 아버지는 옷을 벗은 채 5분도 안 되어 물속에서 나왔다. 때를 불리는데도 시간이 있는데 다시 물속에 들어가라고 애원을 해도 엄마의 말은 먹히지 않았다. 엄마는 물이 아까워 아버지가 잠시 들어갔던 물에 목욕을 했다. 그날 이후 엄마는 아버지에게 목욕의 목자도 꺼내지 않았다. 대신에 엄마는 아버지의 속옷을 자주 갈아입혔다. 그리곤 목욕을 안 해도 때가 없는 것에 대해 신기해했다. 목욕 이야기를 끝낸 엄마는 낚시터에 있을 아버지의 귀가 가렵겠다면서 호탕하게 웃었다. 희수는 엄마의 고단함을 머릿속으로 그려보며 웃어야 할지 울어야 할지 어처구니가 없었다.

　희수는 텔레비전에서 귀리에 관한 뉴스를 봤다. 농촌진흥청은 전남대학교 의과대학과 함께한 동물실험을 통해 귀리가 알츠하이머 치매 예방은 물론 치매 치료에 효과가 있다는 것을 최초로 확인했다는 내용이었다. 집에 가기로 한 날이 바로 코앞인데 아니나 다를까 엄마로부터 전화가 걸려왔다. 엄마는 희수가 전화를 받자마자 미숫가루 얘기를 했다. 미숫가루는 아버지가 낚시터에 가실 때 가져가는 점심 대용이었다. 엄마는 본인이 선견지명이 있었는지는 모르겠으나 아버지는 줄곧 귀리를 먹었다는 것이다. 엄마는 시내에 있는 곡물 상회에 미숫가루를 주문했다. 곡물 상회에서 방앗간에 곡물을 넘겨주고 엄마가 찾으러 가는 방식이었다. 그 미숫가루의 배합 곡물 중의 하나가 귀리였다는 것이다.
　아버지는 이밥만을 드셨다. 입안이 깔끄러운 것을 참지 못해 엄마가 좋아

하는 현미나 보리쌀, 완두콩이나 팥이 들어가는 것은 아예 드시지 않았다. 그래서 엄마는 동지가 되면 이밥도 하고 팥죽을 따로 쑤었다. 팥죽에 들어가는 부드러운 새알조차 먹지 않는 아버지였다. 아버지는 일 년 열두 달 이밥이었고 가끔 점심으로 라면을 드셨다. 희수는 라면을 드시는 아버지를 볼 때면 엄마의 수고로움이 잠시 덜어지는 듯해 다행이라고 생각했다. 라면은 푹 익혀서 꼬들꼬들한 맛이 없고 축 늘어진 국수 면발 같았지만, 아버지는 참 맛나게 드셨다. 그런 아버지를 바라보는 엄마의 시선은 따뜻했다. 그런 엄마를 바라보는 희수는 속이 시끌시끌했다.

겨울이 되면 아버지의 동선은 다른 계절보다 더욱더 짧아졌다. 기껏해야 공과금 용지를 가지러 이층 계단을 내려가는 게 고작이었다. 아버지의 머리맡에는 빛바랜 공과금 용지가 쌓여 있었다. 엄마의 말에 의하면 아버지는 매번 요금을 그 전 달과 비교한다고 했다. 엄마는 초겨울에도 찬물로 설거지를 하는 눈치였다. 엄마는 싱크대에 고무장갑이 있어도 잘 끼지 않았다. 희수가 잔소리를 하면 번거롭다고 했다.

희수는 집에 가면 일부러 보일러를 자주 틀었다. 방은 오래지 않아 따뜻해졌다. 희수의 몸이 노곤해질 때면 부모님은 마른기침을 시작했다. 이어서 공기가 탁하다고 했다. 희수가 외지에서 보낸 시간은 부모님의 겨울 방 온도를 기억하지 못했다. 실내에 제시된 일반적인 난방 기준은 노쇠한 부모님의 체온과 너무 달랐다. 결국 집안의 공기는 약간 시원할 정도로 맞춰졌다. 온도를 좀 올리면 엄마가 편안할 것이라고 여겼던 희수의 생각은 완전히 빗나갔던 것이다.

희수는 환절기나 겨울이면 목감기를 달고 살았다. 부모님은 감기 한 번 안

걸리고 겨울을 났다. 그 비결은 엄마의 극성에서 비롯되었다. 엄마는 독감 예방주사를 맞으러 보건소에 갈 때면 꼭 아버지와 동행했다. 병원에 가는 게 질색인 아버지도 그런 엄마의 제안에는 잘 따라주었다. 엄마의 보건소행 얘기를 듣다 보면 희수는 어이가 없었다. 엄마는 접수창구에서부터 주사 맞고 집에 올 때까지 아이를 데려간 것처럼 행동했다. 희수는 엄마가 또 아버지에 대한 정밀검사 얘기가 나올까 봐 슬그머니 궁금증을 내려놓았다.

희수가 온다고 했다. 그 애가 언제 집에 다녀갔는지 기억이 나지 않는다. 아내는 낚시터에서 바지를 적셔왔다고 위험하니 다시는 물속에 들어가지 말라고 했다. 분명 낚시를 하고 있었는데 어찌 된 영문인지 바지에 오줌을 싸버렸다. 그런데 생각이 나지 않았다. 약간 어지럼증을 느끼긴 했다. 순간 아내의 얼굴이 떠올랐다. 금성은 고심 끝에 잠시 허리춤까지 물속에 들어갔다 나왔다. 저번엔 작은 돌을 밟아 넘어지기까지 했다. 금성은 아내의 소원을 들어줄까 하다가 이내 고개를 가로저었다. 아내는 TV 프로그램인 '무엇이든 물어보세요'의 애청자다. TV에서 치매라는 말이 나오면 귀를 쫑긋 세우며 들었다. TV에서는 치매 증상과 진단 방법까지 세밀하게 알려주었다. 아내는 TV에서 의사가 말한 뇌의 상태를 알아보는 MRI 검사를 요즘 입에 달고 살았다. 희수에게도 자주 말하는 눈치다. 하지만 고무 함지박에 담긴 물속에서 5분을 못 견디는 금성이었다. TV에서 본 MRI 기계는 거대했다. 커다란 도넛처럼 생긴 통의 중앙에 귀마개를 한 후 머리를 넣고 눕는다는 것은 금성에게 굉장한 공포임이 분명했다. 그렇다고 아내에게 낚시터에서 있었던 일과 미끼통과 어지럼증까지 그 모든 일을 얘기할 수도 없었다. 아내의 손 떨림에 긴장을 보탤 수는 없는 노릇이다. 금성은 머릿속으로 희수에게 들려줄 말을 여러 번 반복했다.

　태양빛이 미루나무 잎사귀를 수직으로 내리쬐던 오후, 엄마가 손에서 숟가락을 떨어뜨렸다. 희수와 마주친 엄마의 눈꺼풀이 파르르 떨렸다. 아버지는 지금 오십천에 계신다. 똥꼬와 함께. 냉동실 검정비닐 안에서 아버지의 시간이 단단한 벽을 뚫으며 바스락거리기 시작했다. 16세, 흙 마당 위로 무너지던 하얀 두부처럼.

천국의 장미

\*

 달빛에 비친 창호의 격자무늬가 불 꺼진 방바닥에 그려진다. 나는 벽에 기대앉아 조용히 격자무늬의 틀을 한참 동안 응시한 후 희경에게 말했다.
 "포기도 존중이라는 덕목으로 불릴 수 있을까?"
 "조금 차원이 다른 것 아닐까?"
 "차원이 다르다고?"
 "언니는 수도자잖아."
 "하지만 사람인 걸."
 희경과 나는 삼십 년 전 간호대 교정에서 처음 만났다. 그녀는 지금 수녀이다.

 언니가 1차 항암치료를 받은 것은 꼭 석 달 전이다. 질환이 확진되면 치료의 길이 열린다고 의사들은 스스럼없이 말했다. TV에서도 그랬고 현대 시대에 노출된 많은 대중매체를 통해서 전해지던 말들은 참으로 매혹적이고 어느 순간 불끈 용기까지 안겨주는 듯했다. 그래서 근육종을 확진 받던 날도 언니와 나는 울지 않았다.

두 달여에 걸쳐서 복강경을 통한 조직검사와 두 차례의 전신마취 후 겪었던 그 모든 과정이 종료됨에 언니는 오히려 마음이 편안한 듯 보였다. 항상 지인들로부터 질문받아야 했던 병에 대해 확언할 수 있는 여건이 주어진 것에 안도하는 얼굴빛이 역력했다. 지인들은 항상 궁금해했고 언니는 늘 궁색한 말을 되풀이했던 것이다.

나는 곁에서 지켜보기만 해도 그런 언니가 딱할 지경이었다. 암이 언제부터 완치의 병으로 탈바꿈했는지 나는 정확히 모른다. 하지만 유방암이나 대장암을 그야말로 적당한 시점에 경험한 사람들은 언니에게 희망을 줄곧 말했다. 면역을 올리거나 체력을 증강해야 항암 약물요법을 이겨낼 수 있다고 그 비법까지 스스럼없이 친근하고 긴밀하게 알려주었다. 그것에는 민간에 떠도는 개의 살코기와 장어, 곰국 같은 고단백 음식들도 있었다. 평소 비위가 약한 언니로서는 어느 것 하나 수용하기 쉬운 것이 없었다.

1차 항암치료가 끝나갈 무렵, 암 환자와 보호자의 교육을 위해 영양사와 종양 전문간호사가 차례로 병실로 찾아왔다. 그들은 작은 책자에 빨간색 볼펜으로 밑줄을 좍좍 그으며 설명했다. 그러면서 개고기는 안 된다고 딱 잘라서 말했다. 이유인즉슨 도살장의 위생시설을 알 수 없다는 것이다. 하지만 쇠고기나 다른 고기보다 환자가 먹기에 살점이 부드러운 면은 인정한다고 했다.

약물은 암세포와 정상 세포까지 공격한다. 약물 투여 후 일주일에서 이주일 정도에 이르면 백혈구 수치 중 외부의 감염으로부터 몸을 보호할 수 있는 호중구가 급격히 줄어든다. 그러므로 검증 안 된 비위생적인 음식은 피하는 것이 좋다고 재차 강조했다. 혈액 검사상 호중구가 500개 이하로 감소하면 무균실로 입원을 해야 한다. 그때는 채소나 과일도 모두 익혀서 섭취해야 한다.

설명을 듣던 언니의 얼굴빛은 시간이 갈수록 어두워지고 양 볼의 근육은 굳어져 갔다. 종양 전문간호사가 소책자의 마지막 장을 덮자 언니는 움츠렸던 어깨를 크게 한번 들썩였다. 그리고 침대 곁 상두대에서 포도 주스 병 하나를 꺼내어 간호사를 향해 수직으로 내밀었다. 처음에 손바닥을 펴 거부의 뜻을 표하던 간호사는 거듭 권하자 교육은 본인의 일이라면서 주스를 손에 받아들고 총총히 병실 문 밖으로 사라졌다.

기다렸다는 듯이 입구 쪽 침대를 사용하는 창원댁이 언니를 향해 고개를 돌린다. 병실에서는 이름보다 사는 지역이 이름 대신 사용되었다.

"약 들어가고 나면 산송장이 돼요. 개의 살코기든 뭐든 무조건 먹어야 살아, 먹지 못하면 암이 나를 먹어."라고 히죽거렸다.

언니가 있는 병실에는 다섯 개의 침대가 있다. 입구 쪽 첫 침대에는 사각형의 얼굴에 머리카락을 빡빡 밀고 어깨가 딱 벌어진 창원댁이 어제 입원했다. 그녀는 창원과 서울을 일 년에 걸쳐서 삼십 회 정도 오르내렸다고 했다. 그러면서 항암 약물요법을 여덟 차례 받았다고 했다. 그 창원댁 옆의 침대를 언니가 사용했다. 언니의 왼쪽인 창을 내다볼 수 있는 자리에는 육십 세의 용인댁이 온종일 자리보전하고 누워있었다.

용인댁은 간, 폐, 뼈에까지 암세포가 전이되었다. 그녀의 아들은 호스피스 병동이나 요양병원에 언제 모셔갈지를 회진 온 의사와 조곤조곤 의논

했다.

그 자리에는 가끔 한 무리의 사람들이 웅성거리며 찾아왔다가 썰물처럼 빠져나갔다. 병실에서 나가기 전 그들은 병실의 다른 사람들은 아랑곳하지 않고 항상 "믿습니다!"라고 크게 외치며 용인댁의 치유를 빌었다. 어떤 때는 식사를 함께하자며 그녀의 아들을 거의 끌다시피 데리고 나갔다. 그런 날이면 나는 언니의 눈짓에 못 이겨 끙끙 앓는 소리를 내는 용인댁의 얼굴을 봐야만 했다.

용인댁의 흘러내린 바지로 삐죽하게 드러난 기저귀는 그녀의 구겨진 얼굴과 비슷했다. 말라서 갈라진 입술은 하얗게 핏기가 가셔져 있었고, 팔과 다리에 연결된 수액의 줄은 금방이라도 약병에서 빠질 듯이 팽팽하게 당겨져 있었다. 용인댁은 사지를 쉼 없이 꼼지락거리면서 연신 입으로 "아파! 아파!"라고 내뱉었다. 전이와 얼마 전 폐렴까지 겹쳐서 산소 호스까지 코에 끼고 있는 용인댁은 마치 정신이 반쯤 나가 있는 듯했다. 그 와중에 정확한 약물 주입을 위해 단 기계장치는 제 기능을 방해받은 듯 날카로운 소리를 삑삑 내었다.

나는 침상 머리맡 호출기의 단추를 누르는 대신 아예 병실을 나가 간호사실로 찾아가야만 했다. 그것은 침상 곁 상두대와 침상을 둘러쳐진 커튼으로 인해서 호출기의 단추를 누르러 비집고 들어갈 만한 틈이 확보되지 않은 이유에서였다.

나는 내심 씩씩거렸다. 뻔히 환자의 상태가 어떤지를 알면서도 매번 방문객들의 호의를 거절하지 못하는 용인댁의 아들이 얄미웠다. 용인댁은 간호사가 가져온 모르핀 주사를 맞은 후에도 한참 동안 끙끙거리며 앓는 소리를 내었다.
 용인댁의 맞은편 창과 접해있는 자리는 서울댁이 사용했다. 서울댁은 온종일 폭풍 맞은 풀잎처럼 침대에 누워있었다. 언니가 이 병실로 입원한 이래 나는 서울댁의 목소리를 들어본 적이 없다. 그녀의 곁에는 칠십 세 가량되어 보이는 아버지가 있었다.
 서울댁의 아버지는 시월의 햇살이 들어오는 창가의 보조 침대에 앉아서 부채질을 했다. 부채는 누워있는 서울댁의 몸을 위아래로 왔다 갔다 했다. 그녀의 머리에는 항상 빨강, 노랑, 흰색이 섞여져 있는 털모자가 씌워져 있었다.
 서울댁이 침상에서 벗어나는 것은 휠체어로 화장실에 갈 때였다. 방사선 치료를 위해 병실에서 나갈 때면 침대 채로 움직였다. 그녀는 자주 목 위까지 이불을 뒤집어썼다. 그러면 털모자만이 유일하게 몸의 위치를 알려주는 표지가 되었다. 침대의 머리 부분 양쪽 귀퉁이 폴대에는 치렁치렁 영양제가 걸려 있었다. 간혹 영양제는 흰색의 지방 제재와 콤비플렉스주에 비타민을 섞어 노란색을 띤 것이 하루하루 그 빛깔로써 단순함에서 벗어나는 듯했다. 방사선 치료를 받고 병실로 돌아온 날의 서울댁은 새가 떠난 빈 둥지처럼 한층 더 처지며 고요했다.
 그 고요한 침대의 옆자리이며 언니의 앞자리를 사용하는 광주댁은 아침마다 화장을 했다. 입술에 붉은 루주까지 칠하고 침상이나 복도를 수시로 드나드는 그녀는 말꼬리를 살짝 올리면서 약간 눈을 내리까는 버릇이 있었다. 광주댁은 항상 어깨에 엷은 보라색 숄을 걸치고 다녔다.
 입원하던 첫날, 언니와 창원댁의 얼굴을 번갈아 보면서 병원 직원 중에 아는 사람이 있다고 광주댁은 묻지도 않은 말을 했다. 광주댁이 말한 사복 입은 병원 직원은 큰 과일바구니를 들고 찾아와 오 분 정도 보조 침대에 앉아 있다가 갔다. 그 과일 바구니는 상두대 위를 가득 채웠다. 그녀의 손길이 닿을 때마다 포장된 비닐은 바스락거리며 소리를 냈다. 과일은 쉽게 줄어들지 않았다. 그녀는 헤어드라이어를 켜놓고 아침마다 젖은 머리를 말렸다.

"선생님! 영양제 좀 주세요!"

창원댁이 회진 온 주치의에게 큰 소리로 말했다.

"갑자기 웬? 식사도 잘하시면서."

"그냥 아무것도 안 달고 있으니까 좀 그러네요."

하면서 머리칼이 거의 없는 머리를 긁적였다.

"이번에는 조혈모세포 채취만 하니까 너무 겁먹을 필요 없어요."

불룩 나온 의사의 배를 가리던 가운은 목을 약간 뒤로 빼고 뒷짐을 지자 금방이라도 터질 듯 팽팽해졌다.

"그래도……."

간호사는 한 시간 후 창원댁의 케모포트에 250cc의 작은 영양제를 연결해 주었다. 창원댁은 침상에 걸터앉아서 견과류를 입안에 넣고 오도독오도독 야무지게 씹으면서 복도를 지나가는 사람들을 구경했다.

케모포트는 암 환자들이 기본적으로 하는 시술이다. 그것은 보통 오른쪽이나 왼쪽의 쇄골 아래의 피부밑에 심어놓는 중심정맥관으로 굵은 정맥을 확보하는 하나의 방법이다.

항암약물이나 입자가 짙은 약물, 혹은 많은 양의 수액 주입을 할 목적으로 시술한다. 간혹 발적, 부종, 염증의 소견이 보이면 어쩔 수 없이 제거하기도 한다. 시술 전에는 반드시 설명과 더불어 시술 동의서에 환자의 사인을 받았다. 간호사실 앞 복도의 한 귀퉁이에는 자세히 설명된 팸플릿이 언제나 비치되어 있었다.

"언니에게 케모포트 시술이 끝난 다음 날 주치의가 상담실로 불렀어."

나는 달빛 비치는 방에서 희경에게 말했다.

상담실에는 철제 책상 위에 컴퓨터와 그 앞에 등받이 의자, 그리고 사선으로 비껴서 등받이 없는 보호자용 플라스틱 의자 두 개가 전부였다.

언니와 내가 플라스틱 의자에 앉자 담당 의사는 기다렸다는 듯 검은 글씨가 박힌 흰 A4용지를 손에 든 볼펜으로 가리켰다. 그리곤 항암약물 치료를 하기 전에 누구에게나 받는 동의서라고 했다. 의사가 내민 A4용지의 맨 위 칸에는 언니의 병원등록번호와 이름, 성별, 나이가 적혀있었다. 그리고 그 한 칸 아래에는 단정한 글씨체로 soft tissue sarcoma(근육종)라고 쓰여 있었고 그 앞에 무엇을 강조하고자 할 때 흔히 하는 별 표시가 그려져 있었다.

"완치할 수 없습니다."

의사는 단호하게 말했다.

언니와 난 동시에 서로의 얼굴을 바라보았다.

"연부조직에 생긴 육종이 어떠한 약물에 반응을 보일지는 모릅니다. 일단 네 가지 항암제와 간이나 신장을 보호할 목적으로 일일 5,000cc의 수액을 달 겁니다."

의사는 서슴없이 동의서에 밑줄을 빨갛게 좍좍 그으면서 말했다.

"나중에 필요하면 방사선요법이나 수술요법도 가능하며 결국에는 통증으로 사망합니다."

그 순간 나는 시간이 멈추어버린 듯 머릿속이 하얘졌다. 나는 언니의 얼굴을 더는 바라볼 수가 없었다. 언니는 동의서에 사인했다. 주치의는 질문이 있느냐고 물었다.

"평생 함께해야 하는 건가요?"

내가 고작 뱉어낸 말이었다.

우리는 상담실을 나온 후 말없이 복도를 이 끝에서 저 끝까지 반복해 걸었다.

다발성 근육종. 언니의 육종은 복막, 방광 옆, 간과 폐 사이에 그 크기가 서로 다르게 있었다.

"의사는 본인의 의무에 충실했어. 하지만 그건 분명히 동정심을 전적으로 뭉개버린 순화되지 않은 폭탄이었어."

"입장의 다름을 인정해야 하지 않을까."

"직업인으로서의 나와 보호자로서의 나 사이에서 난 언니에게 한 마디의 위로도 할 수 없었어."

"나라도 그 순간 침묵했을 거야."

희경은 낮은 음성으로 말했다.

"의사는 질병을 앞세워 마치 인간을 단죄하듯 한걸음 물러서서 감정의 기복도 없는 목소리로 주절주절 말을 뱉었던 거야. 그 순간 단 1%의 희망조차도 배제되고 있었던 거지."

"웩, 웩."

서울댁이 반듯이 누워있던 상체를 옆으로 돌리며 구토를 했다. 노란 위액이 시트를 물들였다. 서울댁의 아버지가 호출기의 단추를 눌렀는지 문 간호사가 침상 머리 쪽으로 다가갔다. 표정의 변화를 읽을 수 없는 문 간호사는 보통 키에 마르고 유난히 피부가 희었다.

"말을 못 해."

이마의 주름을 깊게 지으며 서울댁의 아버지가 말하는 중에도 구토는 멈추지 않았다. 어느새 노랗게 물이 든 휴지가 수북이 시트 위에 어지럽다.

"삼십 분 전에 주사 맞았잖아요."

문 간호사는 허리를 꼿꼿이 세우고 말했다.

겨우 숨을 돌린 서울댁이 입에 문 휴지를 야윈 손으로 밀어내며 말했다.

"주사약이 무엇인지 내가 어떻게 알아요. 간호사님! 내가 간호사님과 싸우자는 게 아니라 무슨 약이고 어떤 효능이 있는지, 그래서 왜 맞는지 얘기해 줘야 하는 거 아닌가요."라고 말한 후 힘겨운 듯 어깨를 들썩이며 눈을 조금 감았다.

"한 달 전부터 맞던 주사이고 설명을 하지 않고 주진 않아요."

"온종일 주사약 맞으면 잠자는 듯 까무러쳐 있는데, 아! 어떡하면 좋아."

서울댁의 울음과 원망 섞인 말투에 주변의 환자들은 모두 조용히 침묵에 잠겼다.

"약을 설명 안 하고 주진 않아요. 항구토제가 세 가지가 있는데 구토 방지 위해 진정시키는 것, 구토만 예방하는 것, 진통 효과도 겸해서……."

문 간호사는 또박또박 말했다.

"너무 아파서 환자가 불평불만 하는 것이니 이해 좀 하시오."

서울댁의 아버지가 말했다.

"다리 저려요."

침대에 등을 모두 내린 서울댁이 아버지를 보며 말했다.

"주물러 주시고 계속 저리면 진통제 드릴게요."

"배고프다고!"

서울댁이 소리를 질렀다.

"어쩐 일이야, 배고플 때 어떻게 해야 하나, 뭐 먹어야 하는데 어떡하지, 배고파, 큰일 났네, 뭐 먹을 수 없어요? 간호사님."

서울댁의 아버지는 엉거주춤 엉덩이를 들고 딸과 문 간호사의 얼굴을 번갈아 봤다.

"물 마시면 안 돼요. 금식이에요. 구토까지 했으니 더욱 안 돼요."

"배고픈 것 얘기해 본 적이 없는데."

문 간호사가 병실을 나가자 광주댁이 슬글슬금 창원댁 침대 앞으로 수액단 폴대를 끌고 갔다.

창원댁이 숨 막히는 분위기를 깨듯이 말했다.

"언제 산부인과로 옮기는 거요?"

"아, 모른당게. 의사가 갈수록 이상한 소리를 해, 사람 겁주는 것도 아니고. 시골에서 가져온 CD를 보고도 이상한 소리를 자꾸 해 쌌고."

"암은 CT와 MRI를 찍어야 나오는 거요."

창원댁이 넓은 어깨를 들썩이며 입술을 씰룩거렸다.

"어제 MRI 찍다가 촬영실에서 죽다가 살아났당게. 주사를 팔에 맞고 난 후 갑자기 천장이 빙글빙글 돌고 속이 뒤집히며 구역질도 나고, 몸도 후끈후끈 달아오르고."

광주댁은 그때의 일을 얘기하며 머리를 둘레둘레 흔들었다.

"아하, 조영제 부작용이 났구먼."

하면서 창원댁이 아는 체를 했다.

"병원에 오래 다니다보면 반 의사가 돼."

"그럼 휠체어에 앉아있는 얼굴 피부가 울긋불긋 얼룩지고 발목과 발뒤꿈치에 진물이 흐르는 사람은 왜 그렇당가?"

광주댁은 휴게실과 복도에서 만나게 되는 칠십 세쯤 되어 보이는 노인을 말하는 것이다. 노인은 진물이 나는 부위에 흰 거즈를 대고 그 위에 가끔 얇은 양말을 신기도 했다. 노인은 언제나 진물이 나고 얼룩진 몸과는 다르게 얼굴은 항상 둥그렇게 웃고 있는 상이었다.

언니와 운동 삼아 병실 복도를 걷다 보면 서너 명의 사람들과 어울려서 그들의 얘기를 줄곧 들으며 빙긋한 미소를 짓는 노인을 쉽게 볼 수가 있었다.

나는 설렁설렁 걸으면서 그들의 대화를 엿들었다. 그들은 누가 언제 혈액 검사상 호중구가 몇 개까지 떨어졌다고 말했다. 그들 중에서 호중구가 그나마 조금 떨어진 사람의 목소리에는 우쭐함이 배어 나오곤 했다.

언니도 그들의 모임과 대화를 나와 함께 들으면서 가끔 한마디씩 내게 말했다.

"서로 힘이 되는 모습이 보기 좋네. 암 병동이 침울하고 어두운 곳만은 아니야."

그리고는 손에 들고 있던 분신 같은 장미목 묵주를 다시 알알이 돌렸다.

네 가지 종류의 항암제와 수액을 달고 있던 언니의 얼굴은 나날이 부어올랐다. 매일 아침 재는 체중은 하루가 다르게 불어났다. 푸석푸석한 얼굴은 하회탈을 뒤집어쓴 듯했다.

나는 화장실에서 용변을 본 후 손을 씻는 언니의 얼굴을 슬쩍슬쩍 봤다. 거울에 비친 제 얼굴을 잠시 보며 언니는 더욱 말 수가 줄어들었다. 그런 언니에 대해 나는 무심한 척했다.

부기가 오른 지 이십사 시간이 가까워질 무렵, 의사는 이뇨제인 라식스 주사제를 처방했다. 주사 후 한 시간 동안 침상에 눕기가 무섭게 언니는 자주 일어나야 했다. 약효는 빠르게 나타났다. 소변량은 늘었다. 언니의 얼굴은 쭈글쭈글해지더니 예전처럼 윤곽이 조금 드러나 보였다. 의사는 서서히 나아질 것이라고 언니에게 설명했다. 하지만 말처럼 그렇게 쉽게 몸무게가 입원 전처럼 되지는 않았다.

언니의 몸은 쉴 새 없이 더웠다 춥기를 반복했다. 어깨 위엔 검은색 잠바가 오르락내리락했다. 침대에 누워 있을 때면 서울댁처럼 이불을 목 끝까지 올려서 덮었다. 그리고 그 위에 잠바를 덮어달라고 내게 부탁하곤 했다.

"수도자가 암 투병 중에 나쁜 점이 무엇인 줄 알아?"

나는 희경에게 따지듯이 물었다.

"뭘까?"

"살고자 하는 의지가 약하다는 거야."

나는 새어 나오려는 한숨을 입술을 깨물며 삼켰다.

"일반적인 가정의 형태가 없으니, 자식이 있을 리가 없고 홀가분한 거지. 혼자 조용히 세상을 등지면 그만이라는 거지, 그래서 삶을 정리하는 게 빠르고, 포기도 빠르고."

"하늘에 계신 그분께 겸손하니 엎드려 온전히 내맡김이 아닐까."
희경은 조심스럽게 말했다.
"그럼 같은 탯줄에서 태어난 나는, 슬픔의 덩어리로 똘똘 뭉쳐서 풀어지지 않는 나는……."
어둠은 나의 들썩이는 어깨를 숨겨주었다.

입원실의 밤은 바깥세상과 다르다. 밤의 길이는 태양의 출몰보다 훨씬 길었다. 낮은 상대적으로 가볍게 다가오기 무섭게 금방 마음속에서 이지러졌다.
침상마다 켜켜이 휘둘러져 있는 커튼은 사람들과의 고립을 심화했다. 그것은 은밀함을 나누기 위한 절친한 사람과의 얼굴 맞댐이 아니라 무언가 들키고 싶지 않은 개개인의 추함이, 가령 가래나 끈적이며 뭉쳐버린 머리카락, 땀 냄새, 각종 토물의 찌꺼기, 배설주머니를 감추거나 하는 용도로 사용되었다.
가끔은 혼자만의 아늑한 공간을 누리고 싶은 작은 갈망에 커튼을 침상 주위로 뺑 돌아가며 치기도 했다. 하지만 소리는 언제나 그 얇은 천을 통과하는 힘을 지닌 까닭에 그저 무늬만 혼자일 때가 허다했다. 그렇다고 일인실로 옮기는 예는 드물었다. 혼자 사용하는 병실은 너무 조용하고 쓸쓸해서 말벗 때문에 안 간다고 하지만 그 뒤에 숨겨진 진짜 이유는 언제나 금전의 문제임을 누구나 말 안 해도 알았다.
암 병동에서의 입원 기간은 길고 시간은 느릿느릿 아이 걸음이었다. 암이라는 진단이 내려지면 종류에 따라 사람들은 간혹 전투적으로 변했다.

침대 곁에는 검정, 보라, 얼룩무늬의 화려하거나 단순한 빛깔을 띤 여행용 가방들이 공항의 짐 찾는 곳처럼 세워져 있었다. 병실 구석구석에는 여행지를 오가야 할 가방들로 익숙한 풍경을 이루었다. 나는 거리에서 사람들이 끌고 다니던 여행 가방을 보면서 여행지를 떠올리며 약간의 부러움을 느꼈던 순간들이 얼마나 고정된 생각이었나를 떠올리고 머쓱해지곤 했다.

병실 복도를 걷다 보면 생수를 환자들에게 배달해주는 짙은 감색 잠바를 입은 아저씨를 쉽게 볼 수 있었다. 병원의 정수기에는 언제나 찬물과 따뜻한 물이 꼭지만 아래로 내리면 철철 흘러내렸다. 하지만 많은 수의 환자들은 생수를 배달해 마셨다. 그 배달원은 병원 매점과 연계된 듯 당당하고 자유롭게 병실을 들락거렸다. 언니의 입원 초기에 나는 부지런히 정수기가 있는 배선실과 입원실을 은색 보온병을 들고 수도 없이 오갔다.

근무 교대 전 간호사는 항상 환자들에게 물었다. 식사로 나온 밥과 반찬 중에 먹은 양과 액체 형태로 마신 것, 고형물로 배설한 것과 소변, 그 외 입을 통해 들어간 모든 것과 항문과 요도를 타고 흘러내린 모든 것을 꼼꼼하게 묻고 메모지에 적어갔다. 그런 것에 익숙하지 않은 언니는 성심껏 대답했다. 하지만 물의 양에 이르면 항상 조금 멈칫거리면서 눈동자를 위로 치뜨거나 말이 느려졌다.

그러던 어느 날 지인이 생수를 사 들고 병문안을 왔다. 지인은 병원 출입을 자주 한 경험이 있었던 사람임을 나는 나중에 언니를 통해서 알게 되었다. 그 후 언니도 생수를 마셨다.

그리곤 간호사가 섭취량을 물으면 물의 양을 정확하고 시원하게 말했다. 가끔 소변의 횟수를 메모지에 적는 것을 깜박하여 대충 간호사에게 말하기도 했지만 그 순간 나는 모른 척하면서 고개를 돌려 다른 곳, 벽지나 커튼의 문양을 쳐다보곤 했다. 그런 자질구레한 듯 보이는 물음들이 환자 파악의 기본이 됨을, 입원 기간이 긴 환자들은 누구나 알았다. 경험은 통증이 덜한 날이면 마치 무언가를 일구어 낸 희열처럼 환자들의 입술을 타고 부드러운 양상을 띠었다. 하지만 용인댁과 같은 처지에 이르면 그 양상은 또 달라졌다. 자주 자리를 비우는 용인댁의 아들로 인해 간호사들은 헛걸음치기가 예사였다.

"아들에게 물어봐."

용인댁은 언제나 그 말만을 내뱉었다.

용인댁은 뼈까지 전이된 암에 폐렴까지 겹치면서 정신이 자주 오락가락했다. 그러나 신기하게도 아들은 용케 알아보았다.

용인댁의 아들은 엄마의 기저귀를 치웠고 땀, 음식, 오물들로 젖은 시트를 갈아주었다. 큰 덩치에 안 맞게 항상 나긋나긋한 음성으로 "엉덩이를 살짝 들어보세요.", "물을 조금 삼켜보세요."라면서 끙끙거리는 엄마를 끈질기게 달래었다.

언니는 아들도 없으면서 조용히 내게 용인댁의 아들을 칭찬했다. 하지만 그 용인댁 아들의 슬리퍼 끄는 소리는 밤이면 더욱 세차게 내 귓가를 울렸다.

어느 날 저녁, 딸과 전화 통화 후 말수가 눈에 띄게 줄어있던 창원댁이 커튼을 확 젖히며 소리쳤다.

"소리 좀 작작 내고 다녀! 잠을 잘 수가 없네, 나 원 참."

순간 팽팽한 긴장과 더불어 슬리퍼 소리는 주춤했다. 그 슬리퍼 소리에 한껏 예민해져 보호자 침대에 앉아있던 나는 귀를 쫑긋 세웠다. 가슴속에서 시원한 무언가가 휙 지나가는 듯했다. 하지만 아무런 말도 용인댁 아들의 입을 통해서 나오진 않았다. 조금 후 다시 슬리퍼 끄는 소리는 복도 저 밖으로 잠시 사라졌다가 다시 나의 귓가로 전해졌다.

침상 머리맡에 켜 놓은 소등이 밤새도록 용인댁을 지켜내는 밤은 그다음 날에도 이어졌다.

모든 것을 수용할 듯하던 암 병동 사람들은 날카로운 비수를 꽂고 걸어 다니기도 하고 온종일 침상에 누워 있기도 했다. 밑바닥에 가라앉아 있던 감정은 성냥 한 개비만 그어도 활활 타오를 듯이 대기 상태로 이어지고 있었다.

암은 사람을 지치게도 했고 때론 목청껏 울음을 토해내듯 누군가 알 수도 없는 적에게 복수라도 하듯 감정을 긁기도 했다. 그것은 건강한 사람은 건강해서 잘 몰랐고, 암 질환을 앓고 있는 사람은 너무나 그 폭발성을 잘 알기에 힘겨워했다. 하지만 그중에서도 정신적인 면을 앞세워 울분을 토해내지도 못하는 사람은 속으로 곪아져 가는 듯했다.

언니가 퇴원하기 전날, 원목 수녀님이 병실로 찾아왔다. 평소 식반이 놓였던 자리에 사각형의 흰 보가 깔렸다. 그 위에 금빛 작은 종 위에 세워진 십자가와 성체가 모셔진 성합이 정갈하게 차려졌다. 그것은 감히 누구도 침범하지 못할 성역처럼 굳건해 보였다. 원목 수녀님은 기도를 올리기 전 성수를 언니의 둘레에 뿌렸다. 원목 수녀님의 기도와 더불어 영성체를 모신 언니는 두 눈을 지그시 감으면서 마냥 편안한 표정을 지었다.

그날 밤 용인댁은 더 이상 산소통이 필요 없는 세상으로 떠났다. 보통 상태가 악화하면 간호사실과 바로 붙어있는 집중치료실로 환자가 옮겨지는 게 관례였다. 하지만 용인댁의 상태는 너무나 급작스러워서 흰 시트를 머리 끝까지 뒤집어쓴 후에야 201호실을 빠져나갔다. 사람들은 깨어있는 듯했으나 모두 침묵 속에 빠져 있는 듯했고 해는 쉬이 뜨지 않았다.

"이 옷은 두고 갈까?"
나는 병원에서 편히 입던 회색 티셔츠와 바지를 손에 들고 언니를 쳐다보았다.
"아니, 가져가."
언니는 담담하게 말했다.
"다음 2차 항암치료 때 다시 올 텐데."
나는 주섬주섬 배낭에 옷을 구겨 넣었다. 배낭은 작았고 옷은 서울에 올라와서 산 것이었다.
"약 봉투에 큰 활자로 약 효능과 이름 좀 적어줘. 시력이 약해졌어."
나는 연필꽂이에서 검은색 유성 매직을 꺼냈다. 그리고 약 봉투 위에 안경을 쓰지 않고도 읽힐 수 있을 정도로 글자를 크게 썼다. 진통제, 항구토제, 제산제, 진균제, 변비 완화제…….
"진통제는 삼 일마다 갈아줘. 알았지."
나는 펜타닐 성분의 파스 형태로 포장된 듀로제식디트랜스 패취를 가슴 부위까지 올려 보여주며 언니에게 재차 확인시켰다. 언니는 빙그레 웃으면서 알았다고 자기의 오른쪽 가슴 부위를 왼손가락으로 콕콕 찔러 보였다. 패취는 체모가 작고 움직임이 적은 가슴, 등, 팔 같은 곳에 붙인다. 그곳은 현재 언니가 붙이고 있는 패취가 있는 자리였다.

　언니는 서울에 있는 성당의 수녀원에 남고, 나는 지방에 위치한 나의 본거지로 가기 위해 고속버스터미널로 향했다. 몇 차례의 진단을 위한 검사와 수술, 1차 항암까지에 이르자 계절은 어느덧 시월을 훌쩍 넘어 겨울 기운이 한층 깊어지고 있었다.

　아랫지방으로 내려오는 차 안에서 내다본 야산에는 녹다 만 눈이 마른 논에 얼룩무늬를 만들고 있었다. 산과 인접한 강의 수량은 줄어 산비탈의 경계가 나무와 바위 아래로 드러나 보였다.

　내려오는 내내 나는 무언가 알 수 없는 깊은 감정이 가슴 한복판을 윙윙거리고 있음을 알 뿐이었다. 고작 내가 한 움직임이란 그저 쉼 없이 바뀌는 바깥 풍경을 하염없이 그저 바라보는 것뿐이었다. 그렇게 한 시간이 흐르고, 두 시간이 흐르고, 세 시간이 흘렀다. 버스는 휴게실을 잠시 들르고 또 시간을 흘려보냄이 의무인 듯 달리고 또 달렸다.

　언니는 퇴원 일주일 후 방문한 외래를 통해 다시 입원했다. 함께 생활하는 수녀님의 목소리는 앙금처럼 안타까움이 깔려서 전화선을 통해 나에게 전해졌다.

　언니는 휴대폰을 받지 않았다. 소임에 필요해서 사용하는 휴대폰이지만 사람들의 지나친 걱정과 관심에 피로해진 언니는 나중에는 아예 휴대폰을 꺼두었다. 니는 근육이라고는 찾아볼 수 없는 언니의 축 늘어진 팔을 떠올리며 슬픔에 잠겨 시간을 보냈다. 지방에 몸이 머무르고 있는 내 온몸의 촉수는 서울에 있는 언니를 향해 줄기차게 뻗어 있었다.

　"이대로 그냥 있어도 될까. 흐으윽……."

나는 달빛이 밀려 들어온 창호의 격자무늬를 어둠 속에서 바라보면서 울음을 터뜨렸다. 희경은 말없이 두 팔로 나의 어깨를 감싸 안으며 등을 토닥였다.

간호사실 앞을 지나는데 생수병을 든 나를 문 간호사가 불러 세웠다.
"원무과에 가서 전실 사인을 하시면 됩니다."
"무슨?"
"호스피스 병동으로 이동하는 거요. 환자분이 얘기 안 했어요?"
나는 부리나케 병실로 들어왔다. 언니는 침상에 앉았다가 내 얼굴을 보자 고개를 창 쪽으로 돌렸다.
"치료를 그만두겠다고? 수도자는 사람도 아니야. 골방에 누워서 기도만 하면 낫는데. 왜 아프면 아프다. 살고 싶으면 살고 싶다. 그리고 봉사한다고 성가를 불러주는 사람들이 방문 오면 피곤하다 그냥 다른 병실로 가라고 한 마디로 못하고 힘들어서 입술만 깨물면서 견디는데 난 도저히 이해가 안 가? 언니의 그 태도에는 사람 냄새가 안 나?"
"조용히 좀 해. 다른 사람들도 있는데."
"다른 사람들은 1%의 희망이라도 잡으려고 피울음인데 언니는 그 1%의 희망마저 싹둑 자르잖아. 항암요법을 설명하던 매몰찬 의사나 언니가 다를 게 뭐가 있어. 고고한 척 모든 걸 순순히 받아들이면 천국으로 직행으로 간다는 거야? 뭐야? 그리고 원목 수녀님도 그렇지 왜 마지막 하고 싶은 말이 있으면 자기한테 하라고 그러는데. 차라리 며칠 안 남은 송장하고 말을 하지."

"참고 있으니까 화내기 전에 그만해."

"제발 그 화라도 좀 내봐. 들어보게."

언니는 내게 등을 보이며 누워버렸다. 결국 야윈 어깨를 보며 울음을 터뜨린 것은 나였다.

진통제 처방만 받은 언니는 다행히 휴대폰을 켜두었다. 나는 가끔 이순구의 웃는 얼굴 그림 사진을 찍어서 언니의 휴대폰으로 전송했다.

암 병동에서 만났던 사람들은 언니에게 진정한 삶의 모습에 관한 질문을 던진 것일까? 아니면 진정한 죽음에 접근하는 방법의 모색에 관해서 내면 깊숙한 곳에 의문점을 던지듯이 알전등 하나 톡하고 켜놓기라도 한 것일까?

나는 무릎 맞대고 앉아 언니와 대화를 나눈 적이 없다. 어쩌면 그것은 언니의 입을 통해서 내 가슴과 뼛속 깊이 전해질 어떤 두려움을 아예 차단하고픈 감정이 도사리고 있음을 알기에 애써 외면한 것이리라. 하지만 분명히 말할 수 있는 것은 씨줄과 날줄처럼 지인들이 엮어내는 미미한 변화는 겨우 내 잔설들을 녹아내듯 기도의 힘으로 덩어리진다는 사실이었다. 과연 온전히 언니의 영혼과 정신을 지지하는 하늘의 그분께서는 질병을 통하여 새로운 삶을 직면할 수 있는 눈을 선물한 것일까?

나는 온갖 삶과 죽음에 관한 질문과 의문들이 머릿속에서 소용돌이치며 매일 밤 깨어 있었다. 그리고 새봄을 맞이하듯 새로운 대지의 기운을 몸으로 만끽하는 시간을 느끼게도 되었다. 그 긴 어둠의 터널 같은 시간은 삶과 죽음에 대한 관점의 변화를 실타래처럼 풀어내었다. 하지만 가끔은 알 수 없는 몽환적인 슬픔에 아득히 잠겼던 날들도 있었음을 부인할 수 없다.

나는 언니의 울음을 본 적이 없다. 아니 딱 한 번 보았다. 하지만 그것은 울음이라고 명명하기엔 너무나 미흡했다. 그날은 암이라는 최종 진단을 받고 수녀원으로 돌아가던 날이기도 했다. 그리고 신부님께 본인의 결과를 알려드리는 날이기도 했다. 신부님과 면담 후, 언니의 방으로 들어오던 얼굴에는 눈물이 서려 있었다. 아니 두 줄기 눈물이 빨갛게 된 눈에서 한 번 주르륵 흘러내렸다. 나는 언니의 눈을 통해 반짝이던 방울을 보면서 그 순간 '다행이다'라고 생각했다. 그리고 신부님의 입을 통해서 전달된 하늘에 계신 그분의 위로를 언니가 받았음을 알 듯도 했고 모를 듯도 했다.

언니의 짐을 정리하다가 나는 보았다. 수첩에 짤막하게 그날의 단상을 적은 병상일기였다. "재희가 폭발한 날. 아! 살고 싶다." 그것은 언니가 이 지상에 남긴 마지막 글이었다.

암으로 인한 통증과 영원한 작별을 고한 날, 언니의 유언인 화장은 매장으로 결정되었다. 그것은 수녀원에서 숙고 끝에 내린 나에 대한 배려였다. 내겐 찾아갈 곳이 생긴 것이다. 평안의 집은 입술을 꼭 다문 언니와 붉은 장미로 가득 채워졌다. 장미 송이마다 사람들의 기도가 새겨졌다. 그 천국에 이르는 장미는 묘비석에 새겨진 '주님은 나의 목자, 나는 아쉬울 것 없어라.'의 글자 한 자 한 자에 피어나 해마다 내게 속살거린다.

쇼펜하우어의 시계추

\*

 쇼펜하우어를 아시나요? 분명 길 위에 있었는데 그가 보이지 않아요. 죽음에서 벗어나려는 삶을 이제 막 그러쥐려는 찰나에 그가 꼬리를 감춘 것을 당신은 이해할 수 있나요? '이 여자, 또 그 소리다.' 나는 귓불을 매만진 후 술잔을 잡았다. 꺼끌꺼끌한 목젖을 적시며 시원스럽게 번져가는 술기운에 잠긴다. 창밖에서 스며드는 달빛에 이내 눈이 촉촉해진다. 제기랄, 이게 웬 감상이람. 막다른 골목에 위치한 조막만 한 책방에서 그녀만 만나지 않았어도 제법 나의 하루는 깔끔했을 텐데. 갑자기 비를 만난 날, 처마도 없는 낡은 문을 밀고 들어간 게 실수라면 실수였다. 나의 의도는 오직 하루하루 사라지는 머리카락, 그 한 올에 신경이 곤두선 것뿐인데. 싸늘한 차를 내밀 때 바로 알아봤어야 했는데, 하필 그때 그레고리안 성가가 흘러나오고 있었으니, 전적으로 내 의지가 작동한 것이라고 할 수는 없는 거다. 혹시 그레고리안 성가가 흘러나온 것은 의도적인 장치였을까? CD가 들어있던 빛바랜 오디오기기를 떠올리며, 나는 골목 저 편으로 흩어져 가는 담배연기처럼 머리를 털어댔다.

 나는 요즘 직장에서 돌아오면, 라디오도 없는 고시원에 누워 카톡으로 전달되어온 그레고리안 성가를 듣는다. 나는 신도 믿지 않고 종교인은 애초에 희망조차 없었는데 어쩌다 이리 된 것인지 오늘은 비로소 더듬어 보기로 한다.
 임박한 크리스마스로 사무실 창밖으로 비친 사람들의 발걸음이 분주하던 날의 오전. 김 과장은 째진 입과 눈을 하고 결재 서류를 내 책상 위도 아닌 내 얼굴 위로 집어던졌다. 연이어 가운뎃손가락을 나를 향해 세웠다. 지난 삼 년 동안 처음 있는 일이었다. 나는 이내 그의 부장 승진을 향한 숨찬 뜀박질에 제동이 걸렸음을 알아차렸다. 그를 향해 멍하니 뜬 나의 눈을 뚫어져라 쏘아보며 그의 입술은 무섭게 달싹거렸다. 하지만 나의 귀는 이미 그의 가운뎃손가락으로 인해 그의 말소리를 들을 수 없었다. 가운뎃손가락은 고등학교 때, 내게 찍은 애들의 낙인이었다. 아이들은 뚜렷한 이유 없이 왕따를 시키더니 다짜고짜 재수 없다고 했다. 그 가운뎃손가락은 나를 혼자 놀게 만들었다.
 그 후, 나는 미약한 의지를 남들이 쉽게 얻는 졸업장에 걸었다. 아버진 집안의 평화를 나의 졸업장에 걸었다. 엄마는 내 목구멍으로 넘어가는 밥의 숫자에 걸었다. 우리 집에 아이가 하나라도 더 있었으면 나는 눈뜬 봉사로 엄마, 아버지에게 내 내면을 죽이던 눈물의 봉사는 하지 않아도 되었을 텐데. 나는 교실에서 애들이 나를 향해 치켜세우던 가운뎃손가락 위에 엄마, 아버지의 얼굴을 떠올렸다. 그것은 마치 주문 같았다. 주술적 추장이 움막

쇼펜하우어의 시계추

에서 숲의 정령을 끌어들이듯이 몽롱해진 나는 가운뎃손가락을 일시적으로 쓰러뜨렸다. 하지만 지속성은 없었다. 하루하루 교정으로 향하던 나는 우리 집 현관에서 손끝에 신발 끈을 만지작거리면서 시간을 끌었으니까.

그 가운뎃손가락이 오늘 또 우뚝 선 것이다. 졸업 후 앨범 속 이름뿐인 동창들과 헤어지면서 수면 속으로 잠들었던 그 시절. 의도적인 망각 속에서 대학 생활은 할 만했다. 강의실에 사람들은 북적였다. 하지만 그들은 내게 선물이라도 안기듯 서로서로 무관심했다. 나는 보상받은 기분에 달뜨기까지 했다. 아무도 내게 말을 건네는 사람이 없었다. 나는 학과 신입생 오리엔테이션에도 참석하지 않았다. 아무도 강요하는 사람이 없었다.

차츰 성적은 상위권으로 올라갔다. 시험은 과제물로 삼분의 일이 대체되었다. 겨우 출석수업 기간만 학교에 나갔다. 짧은 출석수업 기간만 학교에 나가면 한 학기는 순조롭게 지나갔다. 나는 나름대로의 고집은 있었다. 시험에 만만할 것이라고 여기면서 과목 수강을 신청하지는 않았다. 나의 의지는 굳건했다. 그 학년, 그 학기에, 그 과목이 선정된 이유는 반드시 있을 것이라고 생각했다. 그래서 고전이나 문법과 관련된 과목에 가면 그나마 조금 스쳐 지나가면서 익힌 얼굴들조차 거의 드물었다. 나는 장학금도 여러 차례 받았다. 일부를 부모님께 선뜻 내어줬다. 그것만으로 집안의 평화를 유지하기에 충분했다. 부모님의 기대는 예나 지금이나 소박했다. 그저 졸업장만 안겨주면 명절날 다른 친척들에게도 꿀릴 것이 없었던 것이다. 사회적으로 대가들이 있는 집안이 아니었으니 가능한 일이었다. 그리고 나머지는 통장에 쟁여두었다. 나는 물론 졸업식장에 불참했다. 그것이 졸업에 하등의 영향을 끼치는 것이 아니었으므로 우습게 여겼다.

백칠십칠의 키와 모나지 않은 나의 체형과 좋은 성적은 취직하기에 걸림돌이 되진 않았다. 그런데 첫 직장이라고 출근한 사무실에는 남자가 수두룩했다.
　여자가 한 명 있긴 했다. 아니 여자의 반열에 올려놓기엔 너무 외형상 빛나는 구석이 없었다. 흰 피부에 볼에 홍조도 없고, 주근깨가 점묘되어 있는 듯한 얼굴에 반달에도 미치지 못하는 눈, 일자로 쭉 뻗어 있는 입술, 사각형의 얼굴에 커트머리다. 치마가 상징처럼 하체에 걸려 있다. 기껏 K가 하는 일은 차를 끓이는 것과 직원의 이력서를 철해 놓는 것이었다.
　내게 결재 서류가 던져진 그날, 내가 내내 무시하던 K의 입가에 희미한 미소가 번졌다. 그것은 처음 있는 일이었다. 나는 가운뎃손가락과 더불어 그 사각형의 얼굴에 비친 미소에 갇힌 기분이 들었다. 재수가 없으려니 출근 전 고시원 주인이 바쁜 나를 불러 세워 하루 늦은 관리비를 다그치더니 하여간 오늘은 핏대가 거꾸로 서는 날임에 틀림이 없다.
　나는 신용카드가 한 장도 없다. 일 년 전 신용카드를 잃어버리고 전전긍긍하다가 아예 없애버린 것이다. 어제는 일요일이었고 지난 금요일엔 프로젝트의 마무리 결재 서류를 준비하느라 늦게 귀가했다.
　맨날 창조적인 사고를 하라던 김 과장은 자기 머리를 애초에 사용할 줄 몰랐다. 사무실 안의 남자들은 자신의 사각 책상에 갇혀 모니터를 보면서 체험적이지도 못한 머릿속을 창조와 싸움을 벌이고 있었다. 손끝이 닳아 지문이 지워진다 해도 아무도 모를 일이다. 입술은 바짝바짝 메마르고, 속은 숯검댕이가 되어도 우리는 사무실 안에서 가는 호흡을 유지하며 나날이 부품이 되어가고 있었다.

쇼펜하우어의 시계추

황무지에 꽃을 피우라니 비도 안 내리고, 애초에 벼 이삭이 자랄 수 없는 벌판을 김 과장은 황금들녘으로 알고 있는 것이 아닐까 하고 나는 서서히 그의 뇌구조를 의심하기 시작했다. 그는 중간중간 우리가 내민 서류를 아예 훑어보지도 않았던 것이다.

늦은 퇴근길, TV 속 뉴스를 보면 온 나라가 창조 병에 걸렸는지 국민가요처럼 부르짖고 있다. 광고처럼 홍보는 확실하여 전염력은 높은데 알맹이는 알 수가 없다. 미로 속에 감추어진 창조는 무엇일까. 그것을 잘하면 세계적 위상도 좋아져서 부챗살처럼 나라가 뻗어나가는 육칠십 년대의 괭이자루가 만든 발판, 그것이 아니라 현대적 시점에서 보이지 않는 광선의 달리기가 될 것이라는 대충 느낌은 이러한 것 같다. 나는 혀를 끌끌 차며 어두워지는 거리에 물들며 사무실을 벗어난 하루의 뒤늦은 자유를 누리고 있었다. 그 순간 입안에 남겨진 어렴풋한 모과 향이 달착지근하게 느껴졌다.

어쩌면 사무실 안에서 가장 창조적인 인간은 K일지도 모른다. 차를 끓이는 일이 전부인 여자. 하루는 모과 껍질을 벗겨 어슷 썰고, 또 어떤 날은 껍질째 납작한 채로 썰어내고, 꿀을 첨가하고 안 하고, 물의 온도 조절을 햇빛의 강도에 따라 달리하고, 아침과 저녁, 그리고 회의의 시작과 퇴근에 즈음하여 끓여 내놓는 차, 처음엔 유리컵이었다가 어느새 꽃무늬가 그려진 흰 바탕의 넓적한 잔이었다가 요즘은 도토로 구워진 도기 잔이다. K에게도 이상한 점은 있었다. 오늘도 우리에게는 도기 잔에 모과 차를 내더니 김 과장에게는 줄곧 아무런 무늬가 없는 사각 잔에 모과 차를 내놓는 것이었다.

나는 일요일이 달갑지 않다. 부모로부터 독립한 고시원은 음식을 만들어

먹기에는 너무 좁았다. 그렇다고 허기진 배를 끌어안고 한나절 동안 누워 있기에도 주변이 시끄러웠다. 건축자재를 무엇으로 반 토막을 내었는지 방음이 엉망이다. 때로는 옆방의 문틈으로부터 스며 나온 김치찌개의 냄새를 맡으면서 입을 오물거리는 날도 있었다. 옆집 사람의 배가 부를 즈음이면 나는 더욱 허기에 지쳐서 골목으로 나섰다. 골목에는 칠십이 넘어 보이는 할머니가 하는 식당이 있다. 식당이라고 하지만 테이블이 두 개뿐이다. 어쩌다 손님이 몰리면 생면부지의 사람들끼리 한 식구처럼 각기 다른 메뉴를 자신의 앞에 두고 겸상을 했다. 그곳에서 그것은 너무나 당연하여 아무도 이의를 제기하지 않는다.

할매의 손맛은 가정적이다. 푸성귀가 많지만 반찬은 넉넉히 주었다. 더불어 밥은 추가로 더 먹어도 음식값을 올려 받지는 않았다. 밥을 먹다가 귀동냥한 식당 할매의 아들은 남녘의 김제평야에서 벼농사를 짓는다고 했다.

그 식당의 문과 반대편의 벽 중간의 약간 위엔 사진이 한 장 걸려 있었다. 바랜 나무틀 안에 있는 흑백 사진에는 온화한 얼굴을 한 상반신의 젊은 남자가 있었다.

할매! 누군 겨?라고 호기심보다는 무료함에 물으면 할매는 말했다. 애 아비의 얼굴이라고, 여기서 세상 마감 안 했나, 시작도 여기서 했지, 그리곤 달싹이던 입술을 다물고 잠시 멈추었던 나물 무치던 손을 꿈결처럼 다시 움직였다. 다문 입은 오른쪽 입꼬리가 약간 치켜 올라가 있었다. 나는 그 입술에 대해 물어보지 않았지만 그것은 누가 보아도 알 수 있는 풍의 흔적이었다.

그곳에 오는 사람들은 가끔 할매와 짧은 얘기를 주고받았다. 하지만 절대로 밥 먹는 사람들끼리는 말을 섞지 않았다. 나는 서로 궁금증을 잠재우고 밥을 먹을 수 있는 그곳이 편했다. 번화한 식당처럼 시끄럽지도 않았고, 혼자여도 따가운 시선으로부터 보호받는 장치가 이 골목에 있는 할매 밥집에는 있었다.

나는 밥을 먹고 기분이 좋아지면, 고시원으로 되돌아오기 전 가끔 골목길을 천천히 걸었다. 몇 년 사이 골목은 조금씩 변해 갔다. 세 평도 안 되는 공간에 덜렁거리며 매달려 있던 문은 못질이 다시 되었다. 얼룩진 벽면은 흰 페인트가 칠해졌다. 골목길로 향한 작은 가게의 유리 안엔 퀼트나 인형, 수제 가방들이 앙증맞게 진열되었다. 잡초조차 자랄 수 없는 시멘트 바닥과 바랜 담장의 벽면엔 나무와 꽃들이 사람들의 붓 끝에서 갑자기 튀어나와 골목을 환하게 밝혔다. 간혹 아이들이 뛰놀기도 했다.

줄곧 닫혀 있던 골목 끝 책방이 문을 열었다. 그 문 옆엔 가을이면 노란 국화가 화분 속에서 피었다. 가끔 골목의 끝. 책방의 문 앞까지 갔다가 되돌아나오던 나는 고개를 갸우뚱하곤 했다. 그곳은 사람들이 자주 왕래하는 곳이 아니었다. 책방의 위치로 봐서 절대로 수입의 만족감을 조금이라도 간지럽힐 만한 입지적 여건이란 티끌만큼도 느낄 수 없었기 때문이다.

나는 고시원에 누워 그레고리안 성가를 듣는다. 내 귀를 깊숙하게 뚫고 호산나! 호산나!가 메아리친다. 호산나는 '구원하소서'라는 의미를 지닌다. 성가는 시간을 따라 흘러가는데 나는 '호산나!'에 갇혔다.

호산나의 진짜 주인은 누구일까? 신이 불쌍히 여긴 세대들. 아브라함과 이사악과 야곱의 시대를 건너서 어느 시대를 또 지나고 있는 것일까? 내가 순전히 이런 얼토당토않은 우물에 갇힌 것은 순전히 그 여자 때문이다. 그리고 대중매체를 멀리하고 지내는 내게 비는 예고도 없이 내린 것이다. 그

비로 인해 처마가 없는 책방 앞에서 떠올린 대머리로 한 걸음씩 다가가던 나의 외형적 결함이 갑자기 내 심금을 울린 것이다.

  K가 내게 카톡으로 그레고리안 성가를 보낸 날은 김 과장이 내게 가운뎃손가락을 세우고 처음 맞이한 휴일이었다. K가 내 전화번호를 아는 것은 식은 죽 먹기였다. K의 직무는 차 끓여내기와 직원의 이력서 정리였으니까. 나의 거부 의사와 무관하게 받은 카톡은 처음엔 나의 심기를 건드렸다. 조금 있자 약간 내용이 궁금해졌다. 천장을 보고 누워 있는 무료한 시간을 달래볼 겸 나는 손끝으로 카톡으로 전달되어 온 것을 눌렀다. 그런데 이것이 아뿔싸 습관이 되어버렸다.

  갑자기 내린 비로 책방 안에 비를 피해 들어간 날, 하필이면 그 습관처럼 듣던 성가가 흘러나왔다. 내가 어색해하며 성가에 대해 짐짓 아는 체를 하자 책방 여자는 느닷없이 쇼펜하우어를 아시나요? 라고 내게 말했다.

  몇백 년 전 니체가 쇼펜하우어에 걸려서 평생을 그의 사상과 더불어 살았다는 것을 모를 만큼 난 무식하지는 않았다. 대학 졸업 후 지금껏 나는 실제적인 인간과는 간격을 두고 살았다. 하지만 나를 볼아세우는 것이 가운뎃손가락 하나로도 아직은 가능한 것이라는 것을 알고 며칠 전에 경기를 일으키듯 놀랐다. 그런 내게 그녀가 쇼펜하우어를 아시나요? 라고 묻고 있다. 쇼펜하우어와 니체는 서로 만난 적도 없는데 나는 지금 그녀를 향해 입술을 달싹인다.


  K는 회사 복도에서 지나칠 때 내게 은근한 시선을 던졌다. 그것은 분명히 결재 서류로 얼굴을 맞은 이후부터였다. 다른 동료들이 K에 대해 낙하산이

니, 몸에 비밀 병기라도 숨겨가지고 있는 게 분명하다고 말할 때도 나는 내 이성을 내세워 무관심했다. 그런 여자였는데 이젠 골목을 걷다가 퀼트 가게 유리 진열장의 한 귀퉁이에 쭈그리고 있는 인형을 보면 K가 떠올랐다. K의 책상 위에도 그것과 닮은 인형이 있었다. 그 인형은 무엇이라고 딱히 단정 지을 수가 없었다. 얼굴은 크고 붉은 곱슬머리에 눈은 반달 형상에다 어깨선을 타고 내려온 팔에 달린 손가락 마디는 절대 반지가 통과할 수 없을 정도로 굵었다. 하지만 치마바지의 끝에 달린 신발은 여러 켤레였다. 내가 고시원을 나와 골목을 걸어 밥을 사 먹으러 갈 때 본 인형도 새 신발을 신고 있는 날이 많았다. 밥집은 골목의 안쪽에 있었고, 퀼트 가게의 인형이 있던 집은 고시원과 밥집의 중간쯤에 있었다. 나는 그 앞을 지날 때마다 자동 점화되는 불꽃이 가슴속을 두드리는 듯했다. 고등학교 때 가운뎃손가락을 치켜세우던 놈들의 얼굴이 말끔히 재생되었던 것이다. 그들은 교복을 바꿔 입지는 못했다. 매번 계절과 상관없이 신발의 무늬인 상표를 바꿨다. 교복 위에 덧입는 점퍼를 신속, 다양하게 바꾸는 놈들은 나를 보면서 눈에 가득 싸늘한 미소를 던졌다. 나의 신발은 일 년 내내 한 가지 색이었다. 나의 점퍼는 삼 년 내내 똑같았다. 물론 가방도 예외일 수는 없었다. 부모님이 내건 경쟁 목표점에 도달해서 나의 겉모습을 바꾼다는 것은 애초에 가능한 게 아니었다. 나를 무시한 목표는 가훈을 넘어 언제나 가문의 입담에서 살아남아야 했다. 그것에는 오로지 상위만 있었다. 나는 그 당시 상위 밑의 성적을 맴돌았다. 아버진 돈이 없던 본인 세대 얘기만 했다. 본인이 부모의 뒷받침만 제대로 받았다면 하고 식탁 앞에 앉아 가끔 허공을 올려다보았다. 나는 속으로 픽 웃었다. 나는 아버지의 유일한 친구로부터 익히 들어 아버지의 학창

시절의 성적을 알고 있었다. 결코 불변할 수 없는 그 하급의 땅바닥에 굴러 떨어진 빛나지 않는 별을 말이다. 성적만을 내세운다면 개천에서 용 난다는 속담은 구식이 되어버린 지 오래였다. 하지만 아버지의 머릿속엔 아직도 유효한 속담이었다. 방과 후 나는 학원에 가지 않았다. 그래도 캄캄해서 집으로 돌아가기는 다른 애들과 마찬가지였다. 골목을 유희하는 것은 내게 휴식이고 놀이였다. 나의 선생은 학교에만 있었다. 그래서 성적은 내리막길을 내달리지도 그렇다고 오르막길을 올라가지도 않았다.

 나의 놀이터인 골목에도 경쟁은 있었다. 계절 따라 지고 피는 꽃처럼 간판들이 피고 졌다. 거기엔 학교에서 발행하는 알림장 따윈 아예 없었다. 예고는 없었지만 언제나 값싼 골목으로 유입되는 사람들은 차고 넘쳤다. 다만 그들이 어디로 가는지 묻는 사람은 없었다. 들어올 때 조용했듯이 나갈 때도 역시 조용했다. 그런 골목에 나의 시선을 끄는 곳이 새로 생겼다. 골목 끝 책방이다. 그곳 또한 다른 곳처럼 협소했다. 하지만 골목을 향해 유리면이 다른 곳과 다르게 드나들 수 있는 문을 제외한 모든 면을 차지하고 있었다. 책은 있는데 문은 몇 년째 열리지 않았다. 언제부턴가 나의 골목길 산책은 꼭 그 앞까지 가서 유리면 안을 기웃거리고 나서 고시원으로 다시 되돌아오는 것으로 마무리를 했다.

 결재 서류 세례를 얼굴에 받고 일주일이 지났다. 김 과장은 여전히 득의만만했다. 윗선으로부터 프로젝트의 마감 날짜를 연장 받은 것이다. 그날도 우리는 사각의 모니터에 갇혀서 지문을 지우는 일에 몰입하고 있었다. 하등 다른 날과 다를 일이 없었다. 늘 자기 자리에 앉아서 하던 일이었으니까. 그런데 차츰 오후가 되고 뭔가 다름을 느끼기 시작했다. 도토로 구워낸 도기의 찻잔 속이 텅 비었던 것이다. 나만 이상히 여긴 게 아니었다. 다른 사내들도 모퉁이에 자리 잡고 차를 끓여내던 K가 없음을 자신의 빈 찻잔을 보면서 알아차렸다. 그러면서 말했다. 누군가는 내 이럴 줄 알았다고 했다. 하지만 그 내 이럴 줄에 숨겨진 의미를 나는 알아낼 수 없었다. 또 다른 사람은 복도에서 마주칠 때마다 은근히 본인에게 미소를 던졌는데 본인이 안 받아줘서 그랬다고 했다. 나는 그제야 그녀가 미소를 던진 남자가 내가 유일하지 않았음을 알게 되었다. 회사 내에서 서로 자신에 대해서 읊조리지 않는 것이 관례처럼 되어버렸으니 그것도 무리는 아니었다. 또 어떤 사람은 그깟 여자가 사라진 것이 무에 대단한 일이냐고 싸잡아 통바리를 주면서 자신의 어깨를 으쓱해 보였다. 그녀의 자리는 그렇게 텅 비어졌다. 퇴근길에 나는 그녀의 자리를 지나쳐 거리로 나왔다.

슬쩍 엿본 K의 자리엔 미세한 변화가 있었다. 책상 위에 있던 인형이 없었다. 항상 김 과장에게 차를 담아주던 그 사각의 잔도 없었다. 다만 우리에게 차를 끓여내던 도토로 만든 도기의 찻잔만이 있었다. 다음날, 그 다음날에도 그 자리를 스쳐 지나칠 때의 미세하게 움직이는 김 과장의 얼굴 표정을 보았지만 나는 끝내 이유는 묻지 못했다.

K는 차츰차츰 몇 년을 함께한 사람들의 입에서 사무실에서 잊혀졌다. 우리는 무관심에 관한 한 선수들이었다. 그 후 아무도 그 자리를 차고 들어오는 여자는 없었다. 그 자리는 시나브로 사라졌다. 이젠 제각각 일회용 종이컵에 길들여졌다.

내가 K의 책상 위에서 사라진 인형과 닮은 인형을 보게 된 것은 정말 우연이었다. 아니 필연이었을까? 하기야 내가 그 골목의 책방 안을 기웃거린 날이 하루 이틀이 아니었으니 우연이라고 하기엔 오히려 무리였다. K가 사라진 이후 사무실에서 본 것과 닮은 인형이 어느 날 책방 유리 진열대 위에 있었던 것이다. 나는 의아해하면서 유리면에 매달리듯 서서 손차양까지 하고 안을 유심히 살펴보았다. 하지만 안은 불이 켜지지 않아서 어두웠다. 깊숙한 안쪽 면은 희미한 책의 윤곽만 보일 뿐 정확히 사각형이 아닌 굴곡이 진 책방 안을 들여다보는 데는 한계가 있었다. 나는 허기져 골목 밥집으로 갈 때나, 퇴근길에도 가끔 그 책방 앞을 서성였다. 내 휴대폰의 카톡으로 가끔 음악이나 신문의 칼럼, 비평 같은 것들이 날아왔다. 나는 카톡으로 날아온 음악을 듣기도 했고, 칼럼을 읽기도 했다. 하지만 어느 날은 확인만 하고 무심히 휴대폰을 손에서 내려놓기도 했다. 하지만 그 카톡이 정해놓은 방에서 퇴장하지는 못했다.

 칼럼은 부지런히 과거를 재잘거렸다. 옛날에는 이랬느니 저랬느니 그래서 도대체 어쩌자는 것인지 입을 크게 벌렸다가 결국 옹알이하는 아이처럼 말들이 되풀이되고 있었다. 나는 처음엔 눈을 크게 뜨고 읽다가 나중엔 글이 희끄무레하게 눈을 내리깔았다. 명망 있다는 사람들이 쓴 칼럼도 알려진 그 이름만큼 내용에 힘이 있진 않았다. 그 글들은 간단히 내 손끝 하나로도 지워질 수 있었다.

 요즘 들이 부쩍 차 끓여주던 K의 알 수 없는 근황이 궁금해졌다. 그것은 그동안의 나의 생활을 돌이켜볼 때 있을 수 없는 일이었다. 나는 K가 사무실 안에 있을 때에도 마치 그림자가 없는 무형으로 여겼다. 그것은 지금껏 내가 살아온 방식이었다.

내게 있어서 관계란 단순했다. 나를 받아들이는 사람, 나를 받아들이지 않는 사람 딱 두 부류였다. 내가 겪은 받아들이는 사람들은 교묘하게 나를 괴롭히는 그들 나름의 방식을 찾아냈다. 받아들이지 않는 사람들에게 난 철저히 투명인간이었다. 무관심의 경계 너머에 속한다는 것은 혼자가 된다는 것이었고, 그 속에서 나는 안정감을 얻었다. 인간이 사회적 동물이라는 고래로부터 내려오는 개념은 시대를 따라 수정될 필요가 있다.

관계로부터 멀어지는 가구들이 등장한 지는 이미 오래다. 주변엔 원룸들이 넘쳐났다. 나는 가끔 차 끓여주는 K도 어쩌면 나와 같은 부류가 아닐까 하고 생각한 적도 있었다. 난 직장에서 K가 한 번이라도 피붙이에 대한 말을 흘리는 것을 본 적이 없다. 다른 사람들은 살을 맞대고 사는 사람이 없을 때, 친구와 조카까지 들먹이면서 가족이라는 형태 속에서 일어나는 일을 제 일처럼 말할 때가 있었다. 하지만 그들이 귀가해 머리를 누이는 곳은 원룸이 대부분이었다.

내가 사는 고시원과 한 블록 떨어진 곳도 원룸촌이다. 거리를 걷다 보면 사람들의 공개된 유일한 방이 부동산 안내판에 붙은 전단지처럼 사방에 널려 있다. 깨끗하고 모든 것이 갖춰진 방, 입구부터 안전이 보장된다는 듯 유리문 옆 벽면의 아라비아숫자와 기호가 결합된 열림판, 항상 제정신이어야만 들어갈 수 있는 개인의 방, 만취 상태라도 되면 사람이 방으로부터도 추방될 수밖에 없는 원룸을 떠올리면서 나는 부모로부터 독립할 때 수중에 돈이 적었던 것에 오히려 감사했다. 적어도 내가 사는 고시원은 나를 거부할 수 있는 한 단계가 생략되어 있었다.

골목 끝 책방에는 시집이 없었다. 아이들의 동화도 어른들을 위한 동화도 없었다. 내가 처음 비를 피해 책방에 들어간 날, 나는 그레고리안 성가를 들으면서 내 눈에 담아낼 가벼운 책을 찾고 있었다. 책을 구입하려는 의도도 없이 들어갔으나 뭔가 책의 등지를 살피면서 구입하고자 하는 책이 있었음을 과장했다.

　입구 쪽과 면한 책장을 살펴보고, 반대쪽 책장으로 발길을 옮기면서 나는 힐끗 책방 여자를 훔쳐봤다. 그녀는 손님에게는 관심이 없어 보였다. 그녀의 시선은 두 손으로 맞잡은 찻잔을 향해 고개를 약간 숙이고 있었다. 언제부터 그러고 있었는지 알 수는 없지만 나는 그 순간 화석이라는 단어가 떠올랐다. 오디오기기에서 나오는 그레고리안 성가를 들으면서 현시대를 건너간 여자. 나는 말도 안 되는 생각을 털어내려고 책장의 등지에 다시 집중했다. 안쪽으로 굴곡이 진 책장까지 살피는 데는 그리 오랜 시간이 걸릴 리가 없었다.

　책방은 협소했고 내가 그동안 유리면에 매달려 손차양을 하면서 안을 들여다볼 때 한계를 보이던 안쪽은 그리 넓지가 않았다. 겨우 일인용 침대가 하나 놓일 만한 넓이였다. 하지만 그곳에도 시집이나 동화책은 없었다. '삶은 욕망과 권태 사이를 왕복하는 시계추와 같다'는 문장이 노란 종이에 담겨 책장 옆에 붙어있었다. 나는 점점 고개를 갸우뚱했다. 이 책방의 여자가 도대체 책을 팔아서 먹고 살 의지가 있는 것인지 그 머릿속이 궁금해졌다. 굴곡진 안쪽의 책장에는 입눈서도 한창 유행하던 자기계발서도 아닌 철학 서적으로 빼곡했다. 책의 등지만 읽어도 머리가 지끈거린다고 흔히 얘기하는 철학 서적이라니. 그것들은 두께만큼 가격도 만만치 않은 것들인데 이 골목에서 누가 실용성이 떨어지는 책을 살까 싶었다. 그렇다고 주변에 대학이 있는 것도 아니었다. 그냥 서민들이 사는 작은 동네의 뒷골목이었다. 한 블록 건너 원룸들이 많이 있긴 했지만 대부분 직장인임을 이 골목에 사는 사람들은 익히 알았다. 그들이 머리 싸매고 책을 읽을 여유가 많지 않음을, 그들의 휴식은 결코 책이 아님을, 귀가 후 일찍 불빛이 꺼지는 작은 창만 보아도 짐작할 일이었다.

불현듯 나는 그녀가 측은해 보였다. 이 골목에서 수없이 피고 지던 작은 간판들처럼 이 책방의 운명이 환하게 머릿속에 떠올랐다.

나는 그녀의 등 뒤에 있는 책장의 등지까지 살펴본 후 앞쪽으로 나오면서 크게 헛기침을 했다. 책방 안에는 여전히 그레고리안 성가가 흐르고 있었다. 나의 기침소리가 자세를 흐트리는데 뒤늦게 작용이 되었는가 여자가 앉았던 의자에서 천천히 일어났다. 그녀는 책방 안을 한 번 휘둘러 본 후 자신의 손에 들려있던 찻잔을 의자 앞에 있던 낮은 다탁 위에 내려놓았다. 그리고는 느닷없이 말했다. 차를 한 잔 하시겠어요. 책방 안에 손님은 나 혼자였으니 그 말은 분명 내게 한 말이었다. 나는 엉겁결에 네라고 대답했다. 그녀는 무심히 도기 잔에 찻물을 부어주었다.

나는 입에 한 모금 머금고는 이내 모과 차임을 알아차렸다. 찻물은 식어있었다. 나는 책방의 유리 진열대 위에 있던 인형과 모과 차와 도기 찻잔을 보자 뜬금없이 사무실에서 차를 끓여주던 K가 떠올랐다.

나는 궁금해졌다. 여자들은 왜 모과 차와 인형과 도기 찻잔을 선호할까. 내가 가까이에서 본 여자가 이제껏 두 명이 전부라고 해도 과언이 아니었지만 그렇게 보편적인 듯이 생각했다. 내게 있어서 숫자란 하등의 가치도 없었다.

비 온 그날 이후, 나는 비가 오지 않아도 가끔 골목 밥집에 갔다가 고시원으로 되돌아오는 길에 책방에 들렀다. 가끔 예의상 책을 구입하기도 했지만 아닌 날이 더 많았다. 그녀는 내게 가끔 말을 건넸고, 모과 차를 한 잔씩 내주었다. 나는 아주 천천히 차를 마셨다.

그녀는 책을 파는 일에는 관심이 없었다. 그곳에는 매일 음악이 흘러나왔다. 나는 다양한 음악의 장르는 알지 못했다. 그저 표면상 가요, 팝송, 관현악곡 정도로 구분하는 정도였다. 내가 확실하게 아는 것은 그레고리안 성가뿐이었다. 다른 음악들은 매번 바뀌었으나 그 성가만은 항상 똑같게 내게 들렸기 때문이다.

할매 밥집이 사라졌다. 골목에서 화장을 지우듯 간판이 없어졌다. 지난주엔 김 과장의 닦달이 극에 달하여 일요일에도 출근을 했다. 김 과장의 입은 전보다 더 바빴다. 우리의 몸은 힘들었고 머리는 고생을 이고지고 했다. 사각의 책상에 갇힌 창조와 싸우느라고 형체도 없는 칼에 너덜너덜해질 지경까지 다다랐다. 겨우 책상에서 풀려났을 때 우리는 거창한 제목을 서류 종이 위에 잉태했다.

김 과장은 희번덕대며 웃었다. 우리는 그의 주위에 서서 양손을 곱게 앞으로 모으고 있었다. 우리끼리 숨을 죽이고 서로 눈빛을 날렸다. 말을 서로 내뱉지는 않지만 김 과장의 얕은 지식은 익히 짐작하고 있었다. 김 과장으로부터 일로 인한 충고를 들은 사람은 이제껏 아무도 없었다. 몇 년을 함께한 직원이면 누구나 눈치로 알았다.

하지만 그의 능력은 다른 것에 있었다. 창조를 향한 프로젝트야 어차피

우리가 하는 일이었다. 늘 우리가 염두에 두지 않고 간과했던 것은 그의 입이 아니었을까. 나는 건장한 김 과장의 입을 보았다. 그 입은 윗선 아랫선을 오르내리며 알맞은 말을 내뱉었을 터였다. 나는 입사해서 지금껏 무심히 흘려보냈던 김 과장의 말의 단계를 사라진 할매 밥집을 통해서 겨우 알아차렸다.

내가 책방 여자의 끼니 해결 방법을 알아차리기란 너무 쉬웠다. 할매 밥집이 사라진 자리에는 단품인 김밥 집이 들어섰다. 김밥은 맛과 생김이 어디서나 비슷했다. 하지만 그 골목의 김밥 집은 포장이 달랐다. 나는 책방의 낮은 다탁 위에서 노란 종이를 보았다. 그 옆엔 투명한 랩이 말려져 있었다. 일요일은 빠르게 돌아왔고 나는 사라진 할매를 생각하며 가끔 김밥 집에 들렀다. 간혹 김밥을 포장해가는 학생들이 포장이 독창적이라면서 깔깔대는 것을 보았다. 나의 입맛은 단품에 질리자 차츰 간사해졌다. 할매가 그리워지기까지 했다. 나는 책방 여자에게 밥을 함께 먹자고 슬쩍 내질렀다. 그녀는 쉽게 동의했다. 우리는 골목에서 벗어났다.

한 블록 너머의 원룸촌을 벗어난 거리엔 사람들이 넘쳤다. 오늘은 일요일이다. 나의 옆으로 일정한 간격을 두고 걷던 그녀가 갑자기 멈칫했다. 얼떨결에 내가 바라보자 가 본 식당이 있다고 했다. 나는 그녀의 발끝을 따라 식당으로 들어섰다.

식당 안은 시끌벅적했다. 그곳은 테이블이 여섯 개 정도로 그리 크지 않았다. 대낮인데도 자리를 잡으면서 본 사람들의 테이블에는 밥공기보다 술잔이 많았다. 그러고 보니 담배연기로 실내의 공기는 혼탁했다. 나는 요즘도 금연을 무시한 이런 식당이 있음에 의아하고 순간 당황스러웠다. 플라스틱 사각 의자에 앉아 벽면을 두리번거렸다. 어디에도 금연을 알리는 표시는 없었다. 벽을 따라 천장과 거의 맞닿은 부분에 작은 환풍기가 달려 있을 뿐이었다. 환풍기에서 시선을 거두자 주문을 위해 손을 높이 치켜든 그녀의 얼굴이 보였다. 눈은 주인을 쫓고 입술엔 희미한 미소가 번지고 있었다.

내 앞엔 밥공기가 그녀의 앞엔 술잔이 놓였다. 나는 은근히 부아가 오르기 시작했다. 그녀는 주문을 하면서 나의 의사를 전혀 묻지 않았다. 처음부터 내가 밥을 먹자고 오긴 했지만 그래도 그렇지 어떻게 한 마디를 물어보지 않을 수가 있단 말인가. 나는 옆 테이블에 앉아 있는 사람들이 힐끗 우리 테이블을 넘겨다보는 것을 알아차렸다. 그녀는 자작을 했다. 나는 술 한 잔 마시지 않고 얼굴이 화끈거렸다. 순간 내 머릿속은 가운뎃손가락으로 어지러웠다.

그 후 나는 그녀에게 밥을 먹자는 말을 흘리지 않았다. 그녀는 밥을 밥만으로 알아들었고, 술을 술만으로 알아들었다. 나는 그녀 앞에서 은유에 대해서 절대로 생각하면 안 된다고 스스로에게 다짐시켰다. 함께 처음 간 식당에서 맛본 낭패감은 오랫동안 내 가슴에 남아서 나를 괴롭혔다.

사무실의 프로젝트는 결국 김 과장을 부장으로 승진시켰다. 그는 그의 일을 했고, 우리는 우리의 일을 했을 뿐이었다. 김 과장은 창조로 인해 날개를 달고 우리의 눈에서 멀어졌다. 비워진 그 자리엔 하루 지나 새로운 과장이 왔다. 성과 얼굴만 다를 뿐 우리에겐 똑같았다.

나는 여전히 그레고리안 성가를 듣는다. 예전과 다른 것이 있다면 고시원보다 골목 끝 책방에서 듣는 시간이 더 많았다. 그레고리안 성가를 듣지만 그녀에게는 신을 믿는 구석은 없는 것 같다. 그 흔한 묵주나 신을 표징하는 십자가 하나도 그녀의 손이나 드러난 목에서 찾아볼 수가 없었다.

나는 유리 진열대 위에 있는 인형에 대해 물어본 일이 있었다. 그녀의 대답은 간단했다.

"시간을 죽이기 위해 사람들은 같은 것을 하긴 해요."

회사에서 사라진 K의 책상 위에 있던 인형이 하등의 인간의 관계성과 아무런 상관이 없는 똑같음이란 것인지 본인이 만들었다는 것인지 도무지 아리송함만 전해져 그 후부터 나는 인형에 대해서 입을 봉했다.

나의 카톡에는 여전히 세상의 얘기들이 톡톡 울렸다. 질문도 받지 않는 일방적인 소식이었으나 나는 카톡 방에서 나오지는 않았다. 어쩌다 보는 종이 신문보다 더 많은 정보가 매일 나를 깨우며 파도처럼 밀려왔다. 나는 버스에 올라타면 통과의례처럼 휴대폰을 보았다. 빈자리에 앉든 서 있든 마찬가지였다. 휴대폰을 보면 주변 사람들의 소리가 사라졌다. 회사 내에서 사각의 테두리에 갇혀 옥죄이던 심장의 박동은 바다 위로 날개를 펼치는 갈매기처럼 서서히 부드러워졌다. 고시원에 돌아오기까지 휴대폰은 내 손아귀에 꼭 쥐어져 있었다.

신기하게도 책방은 여전히 문을 열었다. 이 골목에서 간판이 새로운 화장을 하는 시간은 삼 개월이면 충분했다. 내가 책방을 드나든 지는 벌써 육 개월이 지났다.

그녀는 여전히 말 수가 적었다. 나는 말 수가 적어서 좋기도 했다. 그녀는 내게 질문을 많이 하지 않았다. 나도 마찬가지였다. 내가 말 수가 적다고 해서 그녀에 대한 궁금증이 없는 것은 아니었다. 그렇다고 상대편에 대해 많이 안다고 해서 관계가 돈독해지는 것 또한 아니지 않는가. 나는 직장에서 사람들과 적절한 거리를 유지했다. 백 점을 친밀한 관계라고 한다면 나와 사람들과의 점수는 오십 점 정도였다. 뜨겁지도 차갑지도 않은 점수. 상대방에 대해 많이 알지도 적게 알지도 않는 관계. 내가 스스로 정신적 안위를 정하는 점수는 이러했다. 하지만 그녀와 식사까지 하는 것으로 진전되자 여자에 대한 나의 궁금증은 표면 위로 떠오르기 위해 내 머릿속에서 자벌레처럼 꿈틀거렸다.

　책방의 책장에 빼곡한 철학 서적의 등지를 보면서 나는 그녀의 독서 양상에 대해 물어볼까를 고민하곤 했다. 그것은 내가 비를 피해 책방에 처음 들어간 날 느닷없이 내게 물어온 "쇼펜하우어를 아시나요?"로 인해 차일피일 미루어지곤 했다.

　내가 아는 쇼펜하우어는 테두리뿐인 취기에 불과했다. 예를 들면, 철학 하면 독일이고 쇼펜하우어고 니체와의 연관성과 서점에서의 책과의 만남 같은 것 정도였다. 철학자를 몸과 연관 지어 그들의 산책을 중히 여겼고, 사유란 절반의 산책 중에 깊어지는 나뭇가지에 열린 열매라고나 할까 나는 주렁주렁 이어붙이기를 즐겨 했다. 하나 깊이랄 것까지는 없었기에 그녀의 쇼펜하우어에 대한 우물을 두레박으로 끄집어내고 싶어 했다. 하지만 나는 물꼬를 쉽게 트지 못했다. 그녀의 얼굴엔 거의 미소가 없었다. 귀염성도 없는 얼굴과 유독 검은 단발머리는 경직됨을 가중할 따름이었다.

　어떤 날에는 내 머릿속의 꿈틀거림이 목구멍까지 차오르면 책방 안에 팝송이 흘러나와도 내 마음속에는 호산나!가 울렸다.

　나는 굳이 책을 구입하려고도 애쓰지 않았다. 그녀는 가끔 들어오는 신간을 조용히 책장에 정리했다. 나는 그녀의 낮은 다탁 위에 책이 펼쳐져 있는 것을 자주 보았다. 나는 그 책의 제목이나 내용을 궁금해하지 않았다. 가끔 그녀의 눈에 얼핏 물기가 젖어 있음을 알아차렸다.

나는 그녀를 떠올리다 그림자에 대해 골몰할 때가 있었다. 그녀에게도 그림자가 있을까라는 얼토당토않은 생각이 꼬리를 무는 것이었다. 밟혀도 밟혀지지 않는 검은빛의 형체, 웃음이 담겨 있어도 흘러나오지 않는 고정의 형물, 그녀의 시간은 마치 골목 끝 숨겨진 문을 통과해 먼 과거에 사는 것이 아닐까. 책장에 없는 시집과 동화책을 모두 삼켜버린 영혼의 괴물을 품고 은유를 잃어버린 세상에 직유로 대적하기 위해 나선 최초의 선지자 같은 그림자 인간. 어느 날에는 그림자를 생각하다가 잠을 놓치기도 했다. 오늘이 그날이었다. 아침에 흐리멍덩한 머릿속으로 인해 샴푸만 하고 집을 나섰다. 머리카락은 한껏 자유로웠다. 회사에서 사람들의 눈길은 내 머리를 정거장처럼 드나들었다. 하지만 그 누구도 입으로는 아무 말도 하지 않았다.

나는 사각의 테두리에 갇혀 지문을 지우다 밤 9시가 넘어 회사 문을 나섰다. 요즘 새로 온 과장에게도 지나간 창조란 있을 수 없기에 새로움이 필요했다. 과장은 한술 더 떠 창조 주간이라는 말을 만들어냈다. 낮에 밥을 먹고 자리로 돌아오다 층계 위에서 내려다본 과장의 정수리는 까맣고 빽빽했다. 내가 과장의 정수리를 보는 것은 쉽지 않은 일이었다. 그는 어림잡아 나보다 십 센티 정도는 컸다. 항상 턱을 곧추세우고 다녔고 코는 오똑하기까지 했다. 허연 면상에 배는 밋밋했다. 회사 내에 떠도는 말에 의하면 부인의 얼굴은 예술이라고 했다.

나의 머리는 민둥산을 향해 내달리고 있다. 회사에서 창조에 지친 나는 오늘은 기필코 그녀의 쇼펜하우어에 대한 궁금증을 풀리라 다짐하고 버스에

올랐다. 버스에서 내려 원룸촌 거리로 들어서자 갑자기 바람이 나를 기다리기라도 했다는 듯 머리카락을 심하게 흩트려놓았다. 나는 주변을 두리번거렸다. 멀리 원룸의 문 앞에 서있는 덩치 큰 사람이 눈에 들어왔다. 고개를 돌려 그 사람의 등을 지워낸 내 두 눈에 어느새 눈물이 핑 돌았다.

골목의 불빛은 희끄무레하다. 날은 이미 저물었다. 나는 두 손을 바지 주머니에 넣고 천천히 걷기 시작했다. 고시원을 지났다. 반팔이던 나의 옷 길이는 손목까지 내려가 있었다. 할매가 떠나간 밥집을 지났다. 그녀는 밥을 먹었을까.

나는 골목의 끝 책방의 문을 밀고 들어섰다. 오디오기기에서 그레고리안 성가가 흘러나오고 있었다. 나는 조용히 손끝으로 호산나!가 나오던 오디오기기를 껐다. 다탁 앞 의자에 앉아 있던 그녀가 허리를 펴며 일어났다. 며칠 사이 더 야윈 얼굴이다. 나는 다짜고짜 책방에 시집과 동화책이 없다고 따지듯이 말을 던졌다. 입을 굳게 다문 그녀의 손에는 노란 종이가 찢어진 채 쥐어져 있었다.

멍울진 바다

\*

　해수는 병원에 갔다. 그곳에서 해수는 이십 년도 훌쩍 지난 바다를 떠올렸다.
　구름 한 점 없는 밋밋한 하늘빛. 귓가에 들려오는 경포의 파도 소리. 갈매기 한 마리가 끼룩끼룩 하늘을 가로질러 시야로부터 사라졌다. 시간은 조용히 느리게 흐르는 듯했다. 해변에 누워있는 해수의 목 언저리를 여린 바람이 머리카락을 흩트리며 간지럽혔다.
　"해수 언니!"
　미란의 다급한 목소리다.
　해수는 엉거주춤 일어나면서 엉덩이에 묻은 모래를 손으로 탈탈 털었다. 몸을 돌려 미란을 보니 글라스 창 사이로 목을 잔뜩 뺀 채 팔랑팔랑 손짓하고 있다. 들어오라고. 글라스는 경포해변에 위치한 카페 겸 음식점이다.
　미란은 이곳에서 알게 된 사이다. 훤칠한 키에 시원스럽게 커트 친 검은 머리는 밝은 얼굴색과 잘 어울렸다. 카랑카랑한 목소리에 입술에는 언제나 붉은색 립스틱이 칠해져 있었다. 그녀는 이곳에 오기 전 미용 일을 배웠다고 했다.

한 걸음 내딛을 때마다 해수의 발은 모래 속으로 푹푹 빠져들었다. 무슨 일일까. 아직 10시도 안 되었는데.

해변과 도로를 사이에 둔 횟집의 수족관엔 물고기들이 유유히 지느러미를 흔들며 아가미를 벌룽거렸다. 횟집의 이층에 자리한 글라스는 가까운 해변에 있는 사람을 부르는데 부족함이 없었다.

해수는 이층으로 연결된 철제계단에 걸터앉았다. 이어 신발을 벗어 거꾸로 들고 모래를 탈탈 털었다. 해수는 해변으로 나갈 때면 양말을 신지 않았다. 일어나 계단을 올라갈 때마다 발아래로부터 텅텅텅 소리가 울려 퍼졌다.

홀에 미란이 보이지 않는다. 해수는 주방으로 천천히 걸어 들어갔다.

"감자가 없어?"

미란은 쪼그리고 앉은 채 해수의 얼굴을 올려다보며 말했다.

"아침에 분명히 주문했는데……."

해수는 말끝을 흐리며 쪼그리고 앉아 주방 바닥에 흩어진 물건들을 살폈다. 대파, 당근, 아스파라거스, 레몬, 양파, 오징어, 다시마, 마요네즈…… 감자는 어디에도 없었다. 감자는 글라스의 주메뉴에 사용되었다. 특히 오징어 감자볶음은 손님들이 즐겨 찾는 메뉴였다. 해수는 갑자기 머리끝이 쭈뼛거림과 동시에 얼굴이 달아올랐다. 카운터로 가서 메모장을 뒤적였다. 메모장엔 빨간색으로 빗금과 별 표시까지 해놓았는데 왜 빠져버린 것일까.

"강림 상회입니다."

수화기 너머로 여자의 당찬 목소리가 들려왔다.
해수는 보이지도 않는 상대방에게 머리를 조아리며 감자를 주문했다. 부식가게의 남자가 탄 포터는 지금쯤 경포호를 돌아 강릉시내로 접어들었을 것이다. 글라스에서 일한 지 다섯 달이 되어 가지만 이런 일은 처음이다.
처음 카페 겸 음식점인 이곳에서 아르바이트를 하고 싶다고 했을 때 여주인은 흔쾌히 승낙했다. 아버지는 어린 계집애가 술집에서 하며 눈을 서늘하게 부라렸다.

햇빛이 사그라진 밤, 쇼팽의 야상곡을 틀어놓고 해수는 침대에 누웠다. 얼굴엔 생기를 불어넣어 준다는 홍삼 팩을 하얗게 올려놓고 음악에 귀를 기울였다. 고요히 피아노 음을 따라갔다. 자연스럽게 흐른다는 것은 무엇일까. 달빛 아래 물의 잔잔한 흐름을 평화로움이라고 할 수 있을까. 갑자기 귀를 파고드는 격정적인 피아노 음률에 잠자던 감정의 파도가 흰 포말로 솟구쳤다.
해수는 팩을 얼굴 위에 올려놓은 순간부터 눈을 감고 있었다. 형광등 빛마저 배제한 것은 보이는 것에 대한 거부, 귀찮음, 생각의 폭을 좁히기 위한 하나의 방편으로 이중적인 닫음이었다. 하지만 느닷없이 생긴 왼 손목과 엄지발가락의 가려움은 해수의 신경을 곤두세우게 했다. 신체 일부분이 감지해내는 감각의 힘이란 생동감과도 연결이 된다는 것, 어쩌면 느낄 수 있음에 감사해야겠지만, 왼쪽 겨드랑이의 몽우린 며칠째 줄어들 줄 몰랐다.
언제 잠이 들었던 것일까. 음악은 멎어있었다. 해수는 침대에서 일어나 얼굴에서 홍삼 팩을 떼어냈다. 팩은 물기 없이 손안에서 마른 종이마냥 뻣뻣

했다. 팩을 침대 곁 휴지통에 버리고 욕실 입구의 스위치를 올리며 문을 밀고 들어갔다.

  욕실엔 전면이 비치는 거울이 있다. 해수는 왼팔을 위로 치켜올리고 겨드랑이의 몽우리를 오른손으로 찬찬히 매만져 보았다. 분명히 독감 예방접종 주사를 왼 상박의 볼록한 부위에 맞은 것인데. 액와의 통증과 함께 오는 불안감은 왜일까.

  경포 글라스에서의 깊은 밤, 사람들이 집으로 모두 돌아가면, 해수는 낮에 창가에 찻잔들이 차지하던 테이블에 누워 밤하늘을 올려다봤다. 어둠의 공간 위로 손톱달은 시간에 따라 둥글게 차올랐다가 비우기를 반복했다. 별은 빛으로 치장을 하듯 자신의 존재를 알렸다. 빗줄기는 가끔 곁눈질하듯 유리창을 두드렸다. 눈을 감으면 해수의 귓가에 쏴아쏴아 파도 소리가 들렸다. 가끔 서치라이트로 인해 밤하늘의 어둠이 갈라지면서 바닷길이 트여질 때도 있었다. 그렇게 밤바다는 해수에게 다른 형상으로 익숙함을 길러내곤 했다.

  대학을 졸업하던 해, 친구들은 직장으로 신입의 딱지를 자랑스럽게 달고 흩어졌지만 해수는 갈 곳이 없었다. 직장에 대한 소속감은 강 건너편의 신비의 땅처럼 해수에겐 요원하게 느껴졌다.

  초 봄, 식은땀과 더불어 쉼 없이 기침을 하던 해수는 성심병원의 문을 두드렸다. 몇 마디 증상을 물어본 번지르르한 얼굴의 의사는 흉부 X-ray 처방을 냈다. 흉부 X-ray 촬영 후 해수는 복도의 긴 나무의자에 앉아 창으로 들어오는 햇빛에 떠다니는 먼지를 하염없이 바라보고 있었다.

"김해수 씨, 들어오세요."

직원은 복도를 향해 고개를 삐죽이 내밀며 소리쳤다.

해수는 진료실 의자에 앉아 무릎 위에 양손을 포갰다.

"어찌 이 지경이 되도록……."

난감한 표정을 지으며 의사가 혼잣말처럼 말끝을 흐렸다.

해수는 의사의 눈을 좇으며 깍지를 끼었다.

잠시 후, 의사의 손에 들린 봉의 끝은 사진 속의 흰 덩어리를 가리켰다.

"폐결핵입니다. 좌 상엽에, 진행도 꽤 됐어요."

그 순간 아무런 경험적 지식이 없다는 것은 공포였다. 많은 몸 중에서 하필 내 몸일까 하고 자취방으로 돌아오는 내내 해수는 그 말만 되뇌었다.

해수는 방바닥에 가방을 아무렇게나 던져놓고 누웠다. 마당과 이어진 창은 달빛을 방으로 희미하게 흡수했다. 해수는 오랫동안 두 팔을 올려 머리 아래 괸 채 미동도 없이 있었다. 희미한 꽃무늬 천장 너머로 엄마의 얼굴이 떠올랐다. 그 시절엔 많은 사람이 폐결핵으로 죽었다. 약에 대한 내성이 생겨서 죽었고, 영양이 결핍되어 죽었고, 파리한 얼굴들이 허공을 둥둥 떠다니다 사라졌다.

어렸을 적 전라도 소녀가 소환되었다. 아비의 일자리를 따라 해수가 살던 동네로 자연스럽게 흘러 들어온 눈이 유난히 컸던 아이. 웃을 때 입을 벌리면 큰 앞니 사이로 바람이 휑하니 지나갈 정도로 틈새가 벌어졌던 아이. 장독대 곁에서 붉은 벽돌을 고사리 손으로 자잘하게 힘겹게 빻고, 봉숭아 꽃을 짓이겨 김치라고 부르던 소꿉놀이 친구. 그 아인 가끔 기침을 했고, 소꿉놀이는 나날이 뜸해졌다. 눈 큰 아이의 어미는 영문도 모르는 해수를 밀어냈다.

여름이 지나갈 즈음 눈 큰 아이는 어디론가 사라졌다. 그 후, 눈 큰 아이의 부모는 동네를 떠났다. 사람들은 하늘의 뜻이라고만 해수에게 얘기했다. 몇 해가 지난 다음 해수는 붉은 벽돌을 빻을 수도 없고 봉숭아 김치도 만들 수 없었던 이유를 어렴풋하게나마 알 듯도 싶었다.

폐결핵 진단을 받은 다음 날, 해수는 민낯으로 아침 일찍부터 다른 병원들을 방문했다. 오후로 접어들수록 햇살은 저 혼자만 찬란했다. 바람에 살랑거리는 버즘나무 잎새도 저 혼자만 싱그러웠다. 지나치는 사람들은 차츰차츰 투명하게 변해갔다. 해수는 도심에서, 버스에서, 길을 걸으면서 울컥울컥 울음을 토해냈다.

산다는 것이 혼자만의 일이 아님을 알면서도 고향 집은 거부 공간으로 다가왔다. 식구라는 테두리를 벗어난다는 것은 두려움에 앞선, 가족에 대한 최소한의 예의라고 여겼다. 배움의 자락이 한 토막 끝난 자리. 해수는 세 평 남짓한 방에 누워 장작불을 피워 갓지어낸 엄마의 하얀 쌀밥을 받아먹었다. 남아도는 시간을 집고양이와 마주했다.

노랑과 흰 줄무늬의 고양이란 놈은 최소한의 본분을 하고 있다는 듯 가끔 쥐새끼를 입에 문 채 주방 문턱에서 해수를 올려다봤다. 해수는 심지가 칼날 같은 날이면 순식간에 손에 잡힌 몽당비를 그놈의 눈을 향해 냅다 던졌다. 그놈은 보란 듯이 집안 곳곳을 끈적거리는 소리를 내며 헤집고 다녔다. 그놈은 여닫이문을 자유로이 앞발로 밀치면서 배설물까지 말끔히 엄마의 손을 빌리지 않고 처리했다.

매일 집기류 소독을 한다고 물을 끓이는 엄마의 뒷모습을 보고, 잠자리에 들 즈음이면 해수는 가위에 눌렸다. 검은 형체의 동그란 것이 배꼽을 죽을 정도로 고통스럽게 눌렀다. 입 밖으로 뱉어지지 않는 괴성을 지르다가 겨우 깨어나는 날이 연속되자 해수는 밤마다 깨어있기 위하여 눈을 부라렸다.

여러 빛깔의 알약과 확연한 질병 코드를 알려주는 듯 소변 색깔은 바뀌었다. 속옷에 묻어나던 붉은 흔적은 해수의 가슴을 서늘하게 했다.

두 달을 집에서 보내고 해수는 글라스로 들어갔다. 그곳은 대학재학시절에 가던 단골집이었다. 경포 바다가 내다보이는 홀과 붙어있는 주방 옆엔 작은 방이 딸려 있었다. 그 방은 낮에 직원의 식사 장소로 사용되었다. 해수는 그곳에 딸랑 하나 뿐인 짐을 부렸다. 가족을 보지 않고 지낼 수 있다는 것은 해수의 숨통을 트이게 했다. 하지만 글라스 사람들에게는 자신의 질환에 대해 아무런 발설도 하지 않았다.

속옷과 함께 가방 깊숙이 들어있던 약은 이른 새벽에 혼자서 챙겨 먹었다. 전염력이 사라진 시점이었지만, 식사를 함께하는 사람들에 대한 죄스러움에 해수는 시달렸다. 찌개 속에 들어가는 숟가락과 공용으로 사용되던 물컵에 벌레처럼 균들이 스멀스멀 기어 다닐 것만 같았다. 식탁 앞에 앉은 해수는 얼른 밥을 입에 구겨 넣고 자리에서 먼저 일어나 홀의 창 너머로 바다를 바라보곤 했다.

해수는 한 달에 한 번씩 객담 통을 들고 보건소를 방문했다. 이른 아침, 하얀 통에 받던 거품 섞인 가래는 이물감과 불안감으로 하르르 해수의 가슴을 떨게 했다. 보건소 직원은 방문 때마다 주소변경이 있는지를 물어 차트에 기재했다. 의사의 지시도 없이 함부로 약을 끊어버리는 사람들이 있어서 관리 차원에서 묻는 것이라고 직원은 묻지도 않은 해수에게 매번 설명했다.

약을 받아 글라스로 돌아온 날이면 평소보다 오랫동안 해수는 바다를 바라보았다. 그리고 화분 옆에 바짝 붙어 흰 천으로 잎에 붙은 먼지를 신중하고 조용한 몸짓으로 닦아내곤 했다.

어느 날, 화분의 꽃잎을 매만지던 해수에게 미란은 바닷가로 나가자고 했다. 해수는 고개를 갸우뚱하며 그녀를 따라나섰다. 미란은 모래사장에 앉자마자 해수의 눈을 뚫어져라 봤다.

"언니는 욕심이 너무 많아. 좋아 보이는 것은 혼자 다 하고, 나도 꽃에 물을 주고 싶어." 미란의 붉은 입술은 미세하게 떨렸다.

"……."

해수는 고개를 돌려 멀리 수평선에 걸친 회색 구름을 봤다. 폐에 씁쓸함이 깃들 듯 회색 구름은 넓게 퍼져 있었다. 언제부터 꽃이 사람의 눈에 아름답게만 존재하는 식물로 고정되어버린 것일까.

다음날부터 미란은 화분의 꽃에 물을 주었다. 해수는 모래사장에 누워 쉬었다. 살갗에 닿는 모래와 살짝 다가왔다 비껴가는 바람과 함께 했다.

"여기 사나 봐요?"

해수는 갑작스런 소리에 눈을 떴다. 희미한 형체가 어른거렸다.

"예."

해수는 몸을 일으켜 앉았다. 몇 번 눈꺼풀을 깜박인 후에야 남자의 모습이 선명히 보였다. 모래사장에 앉은 후 남자는 해수가 묻지도 않은 말을 했다. 대구에 산다. 여행을 왔다. 남자는 곱슬머리에 청바지를 입고 줄무늬 티를 걸치고 있었다. 본인을 대학생이라고 소개하는 남자의 손마디는 굵고 거칠어 보였다. 남자는 온갖 언어를 사용하여 자신을 포장했다. 확인 불가한 여행자의 특권이리라.
　남자가 말을 하면 해수는 고개를 끄덕이며 아, 그러냐면서 짧게 되받았다. 그래도 낭만을 부르짖는 족속들이 여전히 존재하는 시절에 남자는 그의 말 속에서 스스로 완벽한 듯했다.
　"언니, 해변에서 곁에 앉아 있던 남자 누구야?"
　홀로 들어오는 해수에게 미란이 바짝 달라붙으며 물었다.
　"여행자."
　뜨악한 표정으로 해수는 짧게 말했다.
　"뭔가 건네주는 것 같던데…."
　"저기 창 쪽에 있는 손님이 손짓하네. 가봐야지."
　여행지에서 살던 곳으로 다시 돌아갈 수 있는 차비는 그렇게 누군가의 애처로움으로 만들어지기도 했다. 바다라는 풍경은 뜻하지 않은 사람과의 자연스러운 대화의 물꼬를 트이게도 했다. 다양한 군상은 바다의 물결처럼 너울거리다 썰물처럼 사라졌다.

　글라스에서 지낸 지 육 개월이 다 되었다. 해수는 오후 내내 처음 보는 연둣빛 바다에서 시선을 뗄 수가 없었다. 뉴스에서는 이른 태풍이 온다고 했지만, 비도 바람도 일지 않은 해변엔 사람이 없었다. 가끔 누렁개 한 마리가 경중경중 뛰며 사방팔방으로 꼬리를 흔들며 해변의 이 끝과 저 끝을 오갈 뿐이었다.
　마음의 씨앗을 바다 빛깔에 심고 싶은 것일까. 무엇을 기다리고 있다는 느낌, 아니 무슨 일이 생길 것만 같다는 상상을 하게 만드는 바다 물빛. 해수는 선뜻한 동요를 느꼈다.

  월급 날, 해수는 여주인으로부터 휴가를 받았다. 그리고 무작정 춘천행 버스에 올랐다. 차창 밖 뒷전으로 물러나는 가로수들, 우뚝 솟은 회색의 교각 사이를 지나 도착한 호반의 도시 춘천. 해수는 버스에서 내렸으나 딱히 갈 곳이 없었다. 뚜렷이 가야할 목적지를 정해 놓은 출발이 아니었기에.

  해수는 버스터미널에서 왼편으로 오십여 미터를 걸어 내려왔다. 호수의 중앙엔 정자 모양의 찻집이 있었다. 그 오른쪽으로 난 제방 위로 숲길이 이어져 있었다. 해수는 발길을 오른쪽으로 돌렸다. 한참을 걷다가 제방과 통로가 이어진 호반 찻집에 들어갔다. 해수는 호수와 유리창을 사이에 둔 테이블의 의자에 느른히 앉았다. 호수 위로 햇살이 부산스럽게 아른거렸.

  해수는 커피를 마시며 하염없이 잔물결을 바라보았다. 해는 뉘엿뉘엿 져 가고 있었다. 잔을 비우고도 한참을 앉아 있다 나온 거리엔 사람들이 팔짱을 끼고 걷거나, 어떤 이는 아이에게 형형색색의 풍선을 손에 들린 채 뒷전에서 여유롭게 까르륵 웃음을 허공으로 날리며 따라가고 있었다.

  해수는 서울행 막차에 올라탔다. 아무 연고도 없는데, 마장동 종합버스터미널에 내리니 한밤중이었다. 길은 있고 묻기만 하면 어디든 갈 수 있는데 마음의 길은 어디에 숨어버린 것일까. 사람들은 무엇이 바쁜지 잰걸음으로 해수를 지나치며 사라졌다. 해수는 배고픔도 잊은 채 회색빛 도로를 내려다보다가 섬광처럼 태종대를 떠올렸다. 그 시점에 태종대는 목적지 이전에 구원의 화톳불이 되었다. 해수는 부산으로 가기 위해 서울역으로 향했다.

  서울역, 퀴퀴하고 매운 냄새가 가득한 역사. 그 주위로 방패막을 세우고 초췌한 얼굴을 한 전경이 불빛 아래 무리 지어 앉아있었다. 무슨 일이 이곳엔 일어나고 있는 것일까. 따스한 방안의 온기까지 물리치고 저들은 이 밤에 무엇을 기다리고 있는 것일까. 매표소에서 부산행 기차표를 사고 비로소 달려드는 허기를 해수는 빵과 우유로 달랬다.

　이동한다는 것, 머무름이 주어지지 않는다는 것은 두려움일까. 해수는 바다에서 나와 또 다른 바다를 향한 본인의 몸짓에 미세한 아련함을 느꼈다.

　해수는 갑작스러운 소란에 눈을 떴다. 여러 명의 남자가 빠른 걸음으로 기차의 앞칸에서 뒤칸으로 이동하고 있었다. 순간 서울역에서 맛본 퀴퀴하고 매운 냄새가 해수의 코와 눈을 자극했다. 그들은 하나처럼 똑같은 제복을 입고 있었다. 이동하는 그들을 보면서 해수는 갑자기 이탈자가 된 기분에 순간 미간이 좁혀졌.

　투병 중인 폐결핵과 약처럼 이질감이 살아있는 세상은 해수에게 포함되고 싶지도 않으면서, 그렇다고 소외되고 싶지도 않은 묘함을 안겨 주었다. 그들이 뒤칸으로 모두 이동한 후에도 매운 냄새는 오랜 여운을 남겼다.

　기차는 밤새 달려 먼동이 틀 무렵 부산역에 멈춰 섰다. 해수는 역 구내를 빠져나와 광장으로 나왔다. 광장엔 찢긴 신문지 자락들이 바람에 어지러이 나뒹굴었다. 네모진 화단 곁에는 독재타도! 노OO 타도!를 외치는 사람들이 무리지어 서 있었다. 그 순간 해수는 중학교 때 흑백 TV 뉴스에서 잠시 본 광주의 사람들이 떠올랐다. 그들은 어느 순간 대중매체에서 완전히 사라졌다. 아무도 해수가 궁금해하던 광주의 진실에 대해 보도하지 않았다. 해수는 불현듯 화단 곁에서 독재타도를 외치는 사람들의 얼굴이 그들과 겹쳐져 손으로 가슴을 쓸어내리며 하늘을 올려다보았다.

　해수는 보도블록을 가로질러 지하도를 건넜다. 광장과는 달리 도로를 사이에 둔 거리는 한산했다. 해수는 간판을 둘러보다가 불이 켜진 약속 음악다방에 들어갔다. 디제이 박스와 정면으로 보이는 자리에 털썩 앉았다. 앉아서 둘러보니 테이블이 일곱 개인 다방에 이른 시간이라 그런지 손님은 세 명뿐이었다. 원형 테이블에는 사각 메모지가 비치되어 있었다. 해수는 차를 시키고 메모지에 스웨덴 출신의 작곡가인 사라사테의 찌고이네르바이젠을 신청했다.

커피가 허기진 뱃속에 들어가자 속이 아릿했다. 잠시 밥을 언제 먹었던가 하고 기억의 타래를 더듬는 순간 디제이의 멘트가 나왔다.

"허리까지 머리가 긴 여인이 신청한 찌고이네르바이젠의 사라사테를 틀어드리겠습니다. 좋은 시간 되세요."

해수는 커피를 반이나 남기고 음악다방에서 황급히 나왔다. 태종대에 가는 버스는 한참을 기다려야 했다. 정류장 간이의자에 앉아 거리를 보다가 올려다본 가로수는 바람에 방향감도 없이 마구 흔들렸다. 해수는 찬찬히 밥이나 사 먹을 것을 하면서 옹알거렸다.

사람의 얼굴은 음악과 닮은꼴이다. 적어도 글라스에서는 그러했다. 대학생들이 주로 손님이던 그곳은 흘러나오는 음악만 들어도 누가 방문했는지를 알았다. 해수는 그들의 이름은 기억하지 못했다. 하지만 그들이 좋아하는 음악은 기억했다. 그래서 그들은 의자에 앉자마자 어김없이 본인들의 음악을 들을 수 있었다. 얼굴이 희고 동그란 남자는 생일이고, 마른체형의 긴 파마머리를 한 여자는 솔밭 사이로이고, 눈이 깊고 검은데 안경을 쓴 남자는 물 좀 주소였다. 그들은 그렇게 해수의 기억 속에서 노래의 제목으로 각인되었다.

누군가에게 기억된다는 것은 살짝 축복이고 선택받았다고 느끼게 했다. 짧은 감성의 도취는 때론 이성의 벽을 뚫고 의지를 삼켜 버렸다. 해수는 그들의 감성에 음악으로 날개를 달았다. 그들의 테이블 위에는 술병이 차츰 늘어났고, 여자주인은 콧노래를 흥얼거렸다.

해수는 아르바이트로 받은 첫 월급을 몽땅 털어 음반을 샀다. 충족되지 않는 욕구의 주머니에 음악을 넣고 싶었다. 시간을 보낸다는 것이 가방 속에 가득 찬 알약을 먹어서 없애는 일만큼이나 힘겨웠으니까. 얼굴에 로션 하나 바르지 않고도 싱그러워야 할 날들에 해수는 음악을 끼고 줄곧 바다를 노려보곤 했다.

태종대행 버스는 7시 30분이 넘어서 왔다. 해수는 운전석 오른쪽 뒤로 세 번째 좌석에 앉았다. 피로감에 눈을 감았다. 5분이나 지났을까 갑자기 끼익 소리를 내며 버스가 요동쳤다. 해수는 앞으로 쏠리던 상체를 발에 힘을 주어 세웠다. 연이어 눈을 휘둥그렇게 뜨고 창밖을 둘러봤다. 도로 중앙에 바리게이트가 세워져 있었다. 운전사는 허 참 하더니 아무렇지도 않은 듯 노랑과 검은색을 띈 바리게이트의 오른편으로 버스를 돌려 지나갔다. 이번엔 진회색 드럼통이다. 버스는 곡예를 하듯 이리저리 장애물들을 유연하게 지나쳐 전진했다. 운전사는 익숙한 듯했다. 버스는 그리고도 한참 동안 이리저리 돌아 해수를 태종대의 정류장에 내려놓았다.

해수는 매표소를 향해 천천히 걸어갔다. 이른 시간이라 그런지 매표소는 텅 비어 있었다. 해수의 시야에 오른편으로 화장실 표지가 보였다. 세면대의 수도꼭지를 틀어 세수를 했다. 얼굴이 따가웠다. 불현듯 얼굴에 투명비닐과 손수건으로 입을 막고 거리를 무리 지어 걸어가던 사람들이 뇌리에 스쳤다.

해수는 길을 따라 걷기 시작했다. 오십 미터 쯤 올라가자 마침 문을 여는 매점이 있어 우유와 빵을 샀다. 매점 앞 플라스틱 의자에 앉아 주린 배를 달랬다. 그리고 왼편의 보도블록을 따라 표지판이 가리키는 방향으로 걷기 시작했다. 갑자기 식은땀이 나며 속이 울렁거렸다. 해수는 길가 벤치에 철퍼덕 앉았다. 잠시 후 소금기를 머금은 바다냄새가 해수의 불안을 서서히 그러쥐었다.

살던 곳을 잠시 이탈하는 사람에게 생기는 무모함의 근원은 무엇일까. 일탈은 무의식 속에 있다가 소소한 유혹에도 증폭되어 끓어올랐다. 순간 일탈은 몸피의 주인이 되었다. 몸피는 청바지를 입었다. 청바지는 자유로움을 표상했다. 자유로움의 본질은 얼마나 충실이라는 옷을 껴입을 수 있을까 하고 해수는 생각의 꼬리 물기를 하고 있었다. 이 먼 태종대 한 귀퉁이의 벤치에 앉아.

"어디야?"

미란의 약간 달뜬 목소리다.

"아랫동네."

"창가에 안개꽃과 장미 다발을 꽂아뒀어."

"웬 꽃?"

"길을 물어본 남자라던데."

이틀 전 아침, 해수는 터덜터덜 경포호를 걷고 있었다. 뒤편에서 차 소리가 나더니 이내 빠앙 하고 클랙슨이 울렸다. 순간 걸음을 멈추고 차가 지나가길 기다렸다. 그러나 차는 지나가지 않고 남자의 목소리가 해수를 조심스럽게 불렀다. 해수는 몸을 돌려 동그랗게 커진 눈으로 내려진 차창 안을 들여다보았다. 해수는 남자를 기억해냈다. 그리고 눈인사를 했다.

남자에게 해수는 해변의 여인인 듯했다. 지난밤, 그는 홀의 입구 쪽에 앉아 마티니와 음악을 신청했다. 어제 남자는 까만 슈트를 입고 있었다. 그리고 남자의 옆자리엔 여자가 있었다. 불빛 아래 남자는 의상으로 인해 얼굴이 유독 희게 돋보였다. 여자는 남자의 얼굴을 쳐다보며 줄곧 웃고 있었다.

해수는 음반을 능숙한 손놀림으로 턴테이블에 올리고 서빙을 계속했다. 그 남자의 고개는 해수의 움직임을 따라 살짝 움직이는 듯했다.

오늘 그 남자는 흰 티에 청바지를 입고 있었다. 조수석에 앉은 해수에게 남자는 벨트를 차분히 채워주었다. 차는 천천히 경포호를 두 바퀴째 돌고 있었다. 해수는 달려보고 싶다고 했다. 남자는 고개를 끄덕여 동의했다.

경포호를 빠져나간 차는 왼편으로 꺾어 시내를 향해 달렸다. 거리의 벚나무는 서서히 물감칠을 하고 있었다. 어딘가로 향해 가는 거리의 사람들은 가끔 해수의 시야에 잡히다가 뒤로 멀어졌다. 차는 어느새 강릉 시내를 벗어나 안인을 지났다. 어제는 밤늦게 비가 왔다. 인적이 드문 시골길로 접어들자 길에 고인 물이 군데군데 검은 점처럼 박힌 듯했다. 석탄과 관련된 지역에 다가오고 있음을 길이 먼저 알려주었다.

표주박 모양으로 옴폭 파인 정동진은 거칠고 매서운 바람이 불고 있었다. 간이역이 보이는 지점에서 차는 들어온 길로 향해 다시 방향을 틀었다. 타인이 바람처럼 휘돌고 나가는 정동진에서 남자는 해수에게 궁금한 게 없냐고 물었다. 해수는 물어볼 게 없다고 말했다. 차는 큰 도로까지 나와 다시 왼편으로 꺾어 삼십 여분을 더 달렸다.

  남자는 철길 옆 넓은 터에 차를 세웠다. 그곳은 마침 장날인지 사람들이 북적였다. 청색 포터 위로 알록달록한 꽃무늬 상의가 하의를 상실한 채 바람에 펄럭이고 있었다. 차에서 먼저 내린 남자는 담뱃가게 옆으로 들어서며 해수에게 손짓했다. 남자의 웃음은 버짐처럼 번졌다. 남자의 손짓을 좇아 해수는 여관으로 들어섰다. 조금 후 키를 돌려 방문을 여는 남자의 손놀림은 거침없고 능숙했다. 방에는 짙은 한 칸짜리 갈색농과 침대가 놓여있었다. 그 오른편으로 전신 거울 하나가 걸려있었다. 벽지는 생기 잃은 꽃무늬로 희미했다. 바깥 풍경과는 달리 방안은 고요했다. 해수는 거울 앞에 섰다. 잠시 후, 남자의 샤워 소리가 정지된 듯한 해수의 시간을 찢었다. 정지된 장식품 같던 거울 속 해수의 볼 위로 눈물이 주르륵 흘러내렸다.


  "같이 걸을래요? 동행하면 좋을 듯한데."

  해수는 고개를 들어 소리 나는 쪽을 향했다. 두 사람의 얼굴을 번갈아 보았다.

  "부자지간입니다. 군대에 보내기 전에 아비의 추억이 깃든 부산으로 여행 왔어요."

  해수는 왼편으로 솟은 흰 등대를 보고 오른편으로 돌아 자살바위까지 줄곧 그들과 함께 걸었다. 아래로 뻬죽뻬죽한 바위들이 넓게 분포된 자살바위에서 보는 물빛은 햇빛에 반사되어 강렬하고 매혹적이었다. 부웅부웅 고동 소리와 달리 바다에 띄워진 배는 그대로 그림이었다. 튕긴 울림을 받은 현악기의 현처럼 뱃고동은 해수의 몸을 타고 흐르는 듯했다. 허기 때 입에 넣는 달콤한 초콜릿처럼 처음 오는 길은 매혹적이면서도 충동적이었다.

태종대를 나오는 길에 부자는 해수에게 합승을 제의했다. 그들과 함께 탄 택시는 시외버스터미널로 향했다. 창밖으로 불안해 보이는 사람들의 눈빛은 잠시 딴 세상에 다녀온 듯한 착각을 해수에게 불러일으켰다.

얼굴에 치약을 허옇게 바르고, 손에 작은 플래카드를 들고, 골목길로부터 쏟아져 나오는 사람들의 물결. 저들의 뜨거움은 이루지 못한 희망에 대한 열정일까, 아니면 생존일까. 우르르 어딘가로 뛰어가는 사람들을 헤집고 택시는 물고기처럼 빠져나갔다. 라디오에선 독재 타도의 무리를 진압하려고 군인과 경찰이 비상근무에 돌입했다고 약간 비치더니 이내 노랫가락이 흘러나왔다. 그들의 생존과 택시기사의 생존은 다른 가지의 꽃을 서로 피우는 듯했다. 해수를 시외버스터미널에 내려준 부자는 계획된 여행지로 떠났다. 청명한 바다가 그려진 엽서를 해수의 손에 쥐어주고.

해수는 다시 돌아온 지루하고 고약한 바다 동네에서 모래사장에 누워 몸을 말리기도 하고 가끔 잠도 잤다. 바다는 때로는 차가웠고 뜨거웠다.

조직검사 결과가 나오는 날이었다. 여의사가 처방한 항생제는 책상 위에 있었다. 집을 나선 해수는 느닷없이 밀려오는 불안에 아득했다. 병원 로비엔 청소하는 아주머니가 분주히 이쪽저쪽을 밀대로 밀며 오갔다. 진료를 신청하고 해수는 대기실 의자에 앉았다.

메스가 가해진 왼 액와의 피부는 여전히 아렸다. 독감 예방접종을 하고 불거진 몽우린 5일간 약을 먹었지만 차도가 없었다. 다시 찾아간 의사는 외과의를 해수에게 소개하며 전과했다. 외과의는 초음파검사를 권했다. 해수는 사각 침대에 누워 왼팔을 귀를 스쳐 머리 위로 올렸다. 잠시 후 의사는 젤리를 기구 끝에 발랐다. 기구가 살갗에 닿는 순간 해수는 움찔했다. 의사의 손놀림이 빨라졌다. 의사의 시선은 모니터와 겨드랑이를 바쁘게 오갔다. 모니터에서 흰색의 음영으로 비치는 덩어린 순간순간 반짝였다.

"약으로도 줄어들지 않고, 통증을 동반하는 림프샘 덩어리는 제거해야 합니다." 의사의 설명은 단호했다.

잠시 후, 해수는 마음을 추스를 틈도 없이 옷을 갈아입고 수술대 위에 누웠다. 등에 닿는 수술대는 섬뜩할 정도로 차가웠다. 해수의 귓가로 금속성의 날 부딪치는 소리가 날카롭게 들렸다. 조금 후 의사는 왼 겨드랑이에 바늘침을 찔러 마취를 했다. 순간 해수는 입술을 악물었다. 부풀었던 림프샘 덩어리는 의사의 날렵하고 능숙한 손끝 아래 해수의 몸에서 떼어졌다. 이어 칼집 자리에 봉합하고 발라지는 소독약은 시원했다. 간호사는 수술 부위에 거즈를 대고 반창고를 넓게 붙였다. 부분마취로 의식은 또렷했지만, 일사천리로 이루어지는 과정들은 해수를 멍하게 만들었다.

다시 옷을 갈아입고 진료실에서 만난 의사는 손짓으로 의자를 가리키며 해수에게 앉으라고 했다. 의자에 다소곳이 앉은 해수에게 의사는 떼어낸 조직에 대해 정밀검사를 보내겠다고 했다. 경험상 확실하지만, 검사로써 확인의 절차가 필요하다고 했다. 해수는 의사의 말소리가 달려가는 멍울진 바다를 보았다.

안녕하신가요?

\*

　중간 기착지는 홍상길2에 있는 전원주택이다. 그곳에 소포장 된 물건을 현관문 앞에 두고 O는 주인과 통화를 마쳤다. 요즘 비대면은 서로에 대한 배려였다. 전원주택에서 내려와 O는 올라온 길의 반대 방향으로 운전대를 틀었다. 왼편으로 난 길은 시멘트로 포장이 되어있었다. 이 골짜기 마을을 방문하기는 두 번째다. 초행길은 어둠이 짙게 깔린 밤이었기에 캄캄한 터널 같은 어둠을 헤드라이트를 비춰 뚫고 나아갔다.
　솥발산공원묘원이 입력된 내비게이션은 빨간색 화살표를 오른쪽으로 그어 보였다. J는 빨간색 화살표를 보고 운전석을 향해 고개를 돌렸다. 잠시 후 목적지와의 거리는 4km 단축 수정되었다. O는 내심 쾌재를 겉으로 드러내 보이듯 핸들을 손가락으로 가볍게 툭툭 쳤다. 동시에 볼우물이 깊게 패었다.
　J는 O의 몸짓을 본 후 이내 입술을 다물었다. 차창 밖으로 먼 산이 물결처럼 어깨를 견주었다. 집들은 물길을 따라 끊어질 듯 이어졌다. 길 가까이 황

토를 편평하게 고르던 불도저가 기역으로 세워져 있고, 형태가 일부 허물어진 시멘트벽이 보였다.

　골짜기의 나무는 마스크를 사려고 거리에 줄을 서 있는 사람 같았다. 바람이 잎 떨군 나뭇가지의 줄기를 흔들며 휘휘 허공을 맴돌았다. J는 바람의 끝이라도 잡을 듯 시선을 줄기에 꽂으며 왼손을 바지 주머니에 넣었다. 포장지의 찢어진 면이 손끝에서 꺼끌꺼끌했다. 마스크의 사용 한도인 일회성은 물 건너간 지 오래였다. 한 개뿐인 마스크였다.

　신종 코로나바이러스 감염증은 2019년 12월 중국 우한시에서 발생한 바이러스성 호흡기 질환으로 '우한 폐렴', '신종 코로나바이러스 감염증', '코로나19'로 불리었다. 그것은 호흡기를 통해 감염되며 인후통, 고열, 기침, 호흡곤란 등의 증상을 거쳐 폐렴으로 발전해 목숨을 앗아간다고 연일 뉴스에서 집중적으로 보도되었다.

　유치원, 초중고의 개학은 3주 더 연기되었다. 코로나19 확진자의 이름에 번호가 매겨진 지도 오래되었다. 그 번호의 가지치기는 거미줄처럼 확장되었다. 통신망은 서로의 안부로 넘쳐났다. 얼굴을 맞대고 말하는 습성은 어쩔 수 없이 자석의 동극처럼 서로를 밀어냈다.

　J는 동네마트에서 판매대를 이리저리 돈 후 양파, 칼국수, 대파, 어묵을 계산대 위에 올려놓았다.

　"마스크 없어요?" 여자의 목소리는 도전적이었다.

　"없는데…." J는 눈을 동그랗게 키우며 말했다.

　"입구에 적어 놨는데."

"아!"

　J는 몇 걸음 옮겨 마트의 유리문 옆을 치켜보았다. 마스크를 쓰지 않으면 마트 안으로 들어올 수 없습니다. 단호한 문구였다. J는 계산대로 돌아와 말없이 여자의 얼굴을 바라봤다. 여자는 날쌔게 J의 손에 들려 있던 카드를 빼내 카드 단말기에 밀어 넣었다. 마트에는 다른 손님이 없었다. J는 일회용 쓰레기봉투에 구입한 식재료를 담아 나오면서 왼손을 주머니에 넣었다. 마스크는 여전히 반이 접힌 채 있었다. J의 몸은 걸을 때마다 울퉁불퉁한 보도블록으로 인해 심하게 출렁거렸다. J는 고개를 들어 주변을 둘러보았다. 어느새 야트막한 담장 안에 흰 꽃이 피어있었다. 꽃은 가지마다 오밀조밀했다. 이맘때면 매화가 한창 필 계절이었다. 하지만 그 흰 꽃을 달고 있는 가지의 형태는 영 매화나무와 닮은 구석이라고는 찾아볼 수 없었다.

　잠시 서서 꽃 이름을 궁리하는데 오른쪽 허벅지가 진동으로 떨렸다. J는 휴대폰에 뜬 안전안내문자를 알리는 빨간색 표시를 확인했다. 요즘 안전안내문자는 J가 몸담은 공간에 따라 알림 메시지도 지역을 넘나들었다.

　코로나19 사망자는 두 자릿수를 넘었다. 사망 뒤에는 기저질환이라는 꼬리표가 많이 달렸다. 사람들에게 그 꼬리표는 불안을 잠시 잠재우는 희망의 마스크처럼 속살거리는 듯했다.

　J가 빌라의 계단을 오르는데 마트에 가기 전에 없던 쿠팡 박스가 맞은편 문 앞에 놓여있었다. 앞집의 쇼핑 품목은 날이 갈수록 늘어났다. 많은 양의 박스는 그 집에 문어의 빨판이라도 있는 듯 사라졌다.

　J도 인터넷 쇼핑을 했다. 물건이 배달되었음을 알리는 것은 신호음 딩동 그것이 전부였다. 재빠르게 현관문을 열어도 배달자는 이미 바람처럼 계단

을 빠져나간 뒤였다. 간혹 집에서 나가면 거리는 고요해 낯설었다. 유녹빛 속살을 숨긴 가로수는 J의 가슴 한구석을 시리게 했다. 강 건너 우뚝 솟아있는 빌딩 숲은 한결 더 견고해 보였다.

"주민등록증은 챙겼지?" O가 현관에 선 J를 향해 손가락으로 네모를 그려 보였다.

"아차, 깜박했네." J는 머리를 긁적이며 방에 들어가 손가방을 챙겼다.

"마스크가 없으면 이젠 마트도 못 가는 것 알잖아?" O의 목소리 톤이 올라갔다.

"미안."

차량 번호 끝자리의 짝, 홀수에 따라 자동차를 운행하도록 제한하던 차량이부제가 마스크 구매의 혼란에 물꼬를 트게 했다. 그것은 주민등록 출생연도를 활용한 오부제로 뉴스를 통해 연일 마스크 구매 방법이 전국에 보도되었다. J에게 배당된 요일은 월요일이었다. 마스크는 농협, 우체국, 약국에서 판매했다. 농협과 우체국은 약국이 없는 농촌이나 도심을 벗어난 곳에서 국민이 쉽게 접근할 수 있는 최선책이었다.

오후 5시, J는 새천약국에 갔다. 약국 유리면에 오후 7시까지 마스크를 판매한다고 흰 용지에 검은 글씨로 붙어있었다. 사람들이 서 있는 줄은 약국에서 시작되어 잇닿은 파리바게뜨, 과일가게, 옷가게, ATM이 보이는 농협, 공인중개소 입구에서 좌판에 잡동사니를 파는 할머니와 버스정류장을 지나 식당이 즐비한 골목으로 꺾이며 이어졌다. J는 줄을 선 지 30분이 지나 버스정류장까지 왔다. 보도블록 위 복잡한 사람들 틈으로 띄엄띄엄 마스크

두 개를 손에 든 사람들이 지나갔다. 그들의 표정은 의기양양해 보였다. 도로를 지나가던 버스의 승객은 무슨 일인가 싶어 차창 문을 열며 길게 줄을 선 사람들을 구경했다.

사람들이 쓴 마스크는 다양했다. 인터넷에서 구입한 검은색 마스크, 고성능 차단 필터 KF94 인가드 마스크, 무늬가 그려진 사각형 면 마스크, 의료용으로 인식되기 쉬운 하늘색 마스크도 있었다.

줄을 선 사람들은 서로 옷깃이 스치는 것을 꺼렸다. 하지만 가까운 간격으로 누군가와 나누는 통화 내용은 자연스럽게 들렸다. 검은색 주름치마를 입은 여자는 이 동네 사람이 아니었다. 그녀의 전화 대화 중에 내뱉은 동네는 J에게 생소했다. 서 있던 긴 줄에 지루함을 견디지 못한 젊은 남녀는 다른 사람의 시선도 무시한 채 몸을 서로 밀착하며 웃음을 날리더니 J의 바로 앞에서 사라졌다.

"마스크를 못 산다고!" J의 한참 앞에서 누군가 앙칼지게 말했다.

J의 뒤편에서 우락부락하게 생긴 남자가 줄을 이탈해 약국 쪽으로 향했다. 삼분이나 지났을까 줄은 서서히 흩어졌다. 마스크가 동이 난 것이다. 쉽게 줄에서 이탈하지 못한 사람들은 분개했다. 하지만 지금 마스크가 없다는 그것만이 사실이었다.

J는 며칠째 쓰고 있는 마스크로 인해 코끝이 간질거렸다. 집으로 돌아오는 길에 본 도로 옆 전선엔 하늘 국경이 없는 떼까마귀들이 빨랫줄에 물린 집게처럼 우중충하게 앉아있었다. '꼭 필요한 사람들에게 마스크를 양보하자'는 캠페인 문구를 떠올리자 J는 맨 앞줄을 형성하고 있던 할머니의 무리가 떠올랐다. 마스크 사용 빈도와 나이는 무관하지만, 괜히 씁쓸했다.

그날 저녁, 뉴스에는 마스크 수급이 원활하지 않았다는 불만 섞인 인터뷰가 폭발적이었다. J는 일주일을 더 기다려야 했다. 오늘은 줄을 선 것뿐이라고 남들은 몇 시간 전에 나오거나, 텐트를 치기도 한다는데 고작 한 시간도 넘기지 않았다고 뉴스는 J에게 위안을 주는 듯했다.

쿠팡맨이 사망했다. 배송 도중 신호음이 끊어졌다. 회사에서 물건과 물건의 이동 거리를 추적해 쿠팡맨을 찾아냈다. 그는 심정지로 급사했다. 과로였다. 마스크가 불러낸 참사였다. 인터넷 쇼핑을 통한 배송 물품의 증가로 쿠팡에서 충원된 인원에 여성이 등장했다. 이 여성의 어설픔은 얼굴을 맞대고 고객의 손에 물건을 쥐여주고 갔다는 사실이다. 50일 만에 처음 있는 일이었다. J는 전해 받은 물건을 손에 들고 비록 절반의 얼굴이 마스크로 가려져 있었지만, 현관문에 달아둔 종의 울림이 멎을 때까지 한참 동안 엉거주춤 현관에 서 있었다.

개국 이래 초유의 사태가 벌어졌다. 전국적으로 초중고 개학이 2주 더 연장된 것이다. 텔레비전에서는 연일 사회적 거리 두기와 손 씻기 캠페인을 강조했다. 개학이 연기되기 전 교사들은 인터뷰에서 볼멘소리를 했다. 통제가 안 되는 초등 저학년의 아이를 어떻게 감당하느냐, 스무 명의 아이를 화장실에 어떻게 데려가느냐, 코를 후비는 아이들도 많은데 캠페인이 되겠냐고 했다.

서로 대면하지 못하는 사람들은 카톡을 했다. J도 함께 모임 하는 지인으로부터 카톡을 받았다. 그 내용에 의하면 매일 면역증강을 위해 따뜻한 생강차를 마시라고 했다. 품귀 물품인 마스크 재사용하는 법도 있었다. 사용한 마스크를 전자레인지에 돌리거나 다림질해 바람이 잘 통하는 곳에 걸어 두라고 했다. 재사용법을 말했다는 교수의 이름까지 등장했다. 결국 그것은 가짜 뉴스로 밝혀졌다.

　카톡으로 비대면의 공유는 쉽고 빠르게 손가락 하나로 이루어졌다. 그 내용 또한 다양했다. 마스크 판매처의 남은 물량을 확인하는 사이트가 새로 생겼는가 하면 한국계 미국과학자로 어떤 정치 성향이나 숨겨진 의도가 없는 순수 임상학 연구자의 글도 있었다. 그 내용은 J가 쉽게 이해할 수 있는 게 아니었다. 분자생물연구소라는 단어만 봐도 너무 생소했다.

　J는 이불 위에 누워 양다리를 올려 자전거 타기를 했다. 다리가 저릿해 차선책으로 혈액순환을 돕기 위한 방책이었다. 자전거 타기를 하다가 한쪽 다리를 허공을 향해 길게 차면 골반과 무릎 발목으로부터 뚜득하며 소리가 났다. 그 소리는 무언가 알 수 없는 것이 제자리를 찾아가는 듯 마음에 위안을 주었다.

　J는 마트에서 집으로 올 때 골목에서 마주친 여자의 표정과 행동이 자꾸 머릿속에 맴돌았다. 그 여자의 미간은 순식간에 좁아졌고 눈꼬리가 올라갔다. J와의 거리는 2미터가 넘었지만, 어깨를 움츠리고 시선은 한쪽을 뚫어져라 보았다. 그 시선 끝에 J는 죄인인 양 대롱대롱 매달려 있는 듯했다. 여자는 순간 주춤하더니 직선으로 오던 길을 사선으로 비껴가며 J와 멀어졌다.

　J는 자주 기침을 했다. 그것은 사레가 걸리거나, 목젖이 간질거리거나, 입안이 건조할 때 발생했다. 몸이 긴장할 때면 폭발적으로 얼굴이 빨개지도록 지속하다가 그치기도 했다. 십수 년을 그리 살아온 J였다. 지인들과 만나 음

식을 먹을 때도 고개를 조금 치켜올리면 금세 사레가 걸렸다. 그래서 J를 잘 아는 지인은 늙어 죽을 때 흡인성 폐렴으로 명이 마감될 거라고 농담을 했다. J의 몸은 기온 변화에도 예민했다. 그래서 몸의 온도가 급격히 내려가거나 올라갈 때도 어김없이 기침을 했다. 그것은 매년 도래하는 일상적인 일이었다. 그 일상에 골목에서 스쳐 지나간 여자는 두려움과 경멸까지 섞은 몸짓을 J에게 지문처럼 남기며 사라졌다.

다시 월요일이 되었다. 일주일이 지난 새천약국 앞줄은 이번엔 도로를 접한 길이 아닌 파리바게뜨를 지나 바로 골목으로 꺾이며 길게 이어졌다. 공적 마스크를 구매하기 위한 줄은 J가 골목을 벗어나기도 전에 마감되었다. J의 코끝은 물론 버리지 못하고 재사용하는 마스크로 뺨까지 간질거렸다. 숨을 내쉬면 입 냄새가 코끝으로 올라왔다. 집으로 돌아오는 J의 손에는 마스크 대신 구취 제거제가 들려있었다. J는 집에 오자마자 마스크를 벗었다. 그리고 긴 숨을 내쉬었다.

정부 방침에 따른 지자체 방역은 한층 강화되었다. 그에 따른 자원봉사자들의 활동이 텔레비전을 통해 전해졌다. 등짐 분무기를 등에 짊어진 봉사자들이 역 주변이나 마을의 공공장소를 돌아다니면서 방역 소독약품을 살포했다.

J는 장롱문을 열었다. 계절이 바뀔 때마다 차곡차곡 개어둔 옷가지들의 각은 시간이 조금 지나면 난장판이 되었다. 철마다 몸피에 두르는 옷은 몇 가지가 안 되었다. 장롱 안은 늘 빽빽했다. 서랍장 안도 마찬가지였다. J는 해마다 옷가지를 보면서 머릿속으로 헤아리곤 했다. 넓은 의미로 입는다 안 입는다. 좁은 의미로 바지의 허리둘레가 몸에 낀다 안 낀다. 조금 낀다. 조금

끼면 남겨지고 많이 끼면 가감하게 J의 손에서 장롱 밖으로 밀려났다. 하지만 조금 끼면 그 바지는 가늘어지는 허리둘레에 대한 소망과 함께 다시 J의 손에 선택되곤 했다. J는 O까지 서재에서 불러내어 옷 정리에 동참시켰다. 그는 와이셔츠의 목둘레를 살펴보면서 입는다. 버린다를 선택했다. 그의 손끝에서 그의 바지는 거의 다 남겨졌다.

 1월 초, J는 보험 판매업을 그만두었다. O와 약속한 십 년이란 기간은 J에게 길게 느껴졌다. 십 년은 O의 자영업이 자리 잡기 위해 정한 기간이었다. J는 고객과 면대면 하는 것에 이력이 났지만, 고객의 마음에 감동을 주는 일은 쉽지 않았다. 보험판매업의 덕목을 꼽으라면 사람들과의 친화력을 무시할 수 없다. 피 한 방울 섞이지 않은 사람들에게 J는 언니, 이모, 삼촌 등등 친척인 양 거미줄을 쳤다.

 J는 대화의 가장 기본 기술인 상대방의 얘기를 들으며 맞장구를 쳤다. 고개를 약간 끄덕이면 J에 대한 호감도가 올라갔다. J는 날이 갈수록 많은 것을 기억해야 했다. 아이들의 성장에 있어 사춘기나 대학 입시 같은 예민한 문제에 이르면 고객들의 수다는 점점 늘어났다. 고객 관리는 면대면을 마친다고 끝나는 것은 아니다. 세월이 흐름에 따라 미디어는 일취월장했다. J는 집에 오면 '행복을 주는 좋은 글'을 고객들과 공유하기 위해 카톡을 활용했다. 카톡을 통해 다양한 지식이 퍼 날라졌다. 댓글을 단 고객에 의해 J는 깜짝깜짝 놀라기도 했다. 댓글이 휴대폰에 남겨지는 시간은 느닷없었던 것이다.

 '행복을 주는 좋은 글'은 감성에 호소하는 게 대부분이다. 하지만 감성을 자극하는 글만 올릴 수도 없었다. 맛있는 것도 많이 먹으면 입맛을 무디게 하는 법. 그래서 적절한 비빔밥이 필요하듯 뉴스거리도 전달하고, 건강 유지법도 챙기고, 사회 법규에도 밝으면서 은근히 보험 상품을 소개하는데도 밝아야만 했다.

J의 옷차림은 고객 맞춤형으로 바뀌었다. 단순하면서 깔끔하고 몸매까지 살리는 옷차림은 어설픔에서 시작해 노련함으로 진전되었다. 피부 관리를 위해 마사지 숍도 다녔다. 돈을 들인 만큼 고객들은 인사말과 더불어 J의 피부 톤에 옷에 관심을 보였다. 절반의 친화력은 일상적인 사소함에서 시작되었다. J는 발톱을 숨긴 고양이처럼 고객의 말에 부드러운 깃털만을 보여주는데 성공했다. J의 실적은 서서히 상승곡선을 탈 수 있었다.

고객에게 J를 더욱더 주지시키는 사이 J의 주방과 냉장고 안은 점점 어지러워졌다. 냉장고는 떼까마귀 무리처럼 검은 봉지들로 합병이 이루어졌다. 냉동실은 더욱 견고했다. 마치 불이 꺼진 터널처럼 한 치 앞도 J에게 틈을 보여주지 않았다.

보험 판매업을 그만둔 날, J는 집에 돌아와 몸뻬를 입었다. 몸뻬는 J의 중학교 1학년 때 아버지가 엄마에게 극구 얼굴을 찡그리며 만류했던 옷이다. 엄마의 몸뻬는 아버지에게 자신의 사업 실패를 알리는 깃발처럼 여겨지는 듯했다. 하지만 J가 보기에 그것은 엄마의 활동성을 의미했고 입에 풀칠할 돈도 여의치 않음에 대한 표상이었다. 어쩌면 아버지가 가정 내 대소사에 관해 엄마의 의견을 무시한 것에 대한 침묵의 시위이기도 했으리라. 아버지의 사람 좋음은 사업과 외부인들에게만 일직선으로 할애되던 시절이었던 것이다.

J는 엄마가 입었던 몸뻬의 하늘거리던 꽃무늬를 떠올리며 냉장고 앞에 섰

다. 냉동실 안에서 빼낸 검은색 비닐봉지는 주방 바닥, 식탁, 싱크대, 조리대 위까지 넘쳐났다. 이 일은 O가 사무실에 나간 후에 이루어졌다.

 개별 포장된 고등어의 유통기한은 5년이 훌쩍 넘어 생선 살이 누렇게 변해 있었다. 머리 부분에 다이아몬드 모양이 찍혀있는 조기도 마찬가지였다. 가끔 비닐봉지에 라벨이 붙어있는 것도 있었다. J는 미처 먹지 못해 얼려둔 명태 찌개와 뼈다귀해장국이 든 비닐봉지를 개수대에 부려놓았다. 손에 악력을 가해 비닐을 잡아당기자 언 국물 사이에 낀 비닐이 톱날처럼 찢겼다. J는 수도꼭지를 틀어 그 위로 물을 뿌려두었다. 이어 식탁 위 꽁꽁 싸매둔 검은 봉지를 풀자 진보랏빛 덩어리가 나왔다. 그것은 사계절 먹고자 얼린 뽕나무 열매인 오디였다. 오디는 손끝의 온기가 닿자 덩어리를 이룬 언저리에서 물감처럼 그 색이 번져났다. J는 언 오디를 숟가락으로 조금 긁어 입안에 넣었다. 그 맛은 물이 빠져 심심하고 텁텁했다. J는 오디를 냉동실 안에 넣은 때가 생각나지 않았다. 또 다른 봉지를 열자 얼음 알갱이가 들러붙은 채 쪼그라든 식빵이 들어있었다.

 뱃속에서 나는 꾸르륵 소리에 벽시계를 보니 오후 2시였다. 냉동실에서 꺼낸 절편은 켜켜이 쌓인 세월에도 그 빛깔이 희었다. 하지만 절편은 냄비에 삼발이를 놓고 찌자 그 세월을 풀어내듯 특유의 냄새가 코를 자극했다. J는 허기를 달랠 겸 물에 밥을 말아 김치와 먹었다. 주방 벽에 등을 기대고 앉았다. 손에 든 잔 속 커피는 미세하게 흔들리다 수평을 이루었다.

 갑자기 고객에게 카톡으로 보냈던 '행복을 주는 좋은 글'이 머릿속에 맴돌았다. '비워야 채울 수 있습니다.' 그 글귀는 냉장고와 마주한 J에게 '서로 마주 보고 앉아야 비울 수 있습니다.'라고 외치는 듯했다.

염려했던 일이 벌어졌다. 코로나19는 사람들이 의도하지 않았으나 클럽으로부터 그 영역이 거미줄을 친 것처럼 넓어졌다. 텔레비전으로 뉴스가 속보를 전했다. 5월의 황금연휴에 마스크를 벗고 네온사인이 빛나던 거리를 활보하던 사람들의 얼굴이 모자이크 처리되어 화면으로 제공되었다. 젊음을 빙자한 사람들이 웅크렸던 마음의 어깨를 펴자 전국이 들썩거렸다. 그 젊음은 나이, 인종, 직업, 공간의 경계마저 무너뜨렸다.

J는 벚꽃이 흩날리던 둑에서 마스크를 쓰고 내려다보던 강물이 진흙탕으로 변하던 지난밤의 꿈이 새삼 떠올랐다. 그러자 평소에 궁금하게 여기거나 약속한 만남을 앞두고 설렘도 일으키지 않던 사람들의 모습이 그립기까지 했다.

J는 휴대폰 주소록을 만지작거리다가 K의 번호를 눌렀다. 컬러링이 길게 이어졌으나 목소리는 들리지 않았다. K는 수원에 사는 고교 동창이다. 고향의 시골 억양까지 갈아치운 K의 음성은 언제나 들떠있었고 주로 J에게 서울 이야기를 많이 들려주었다. K의 일거수일투족을 아는 바 없는 J는 그녀의 은근한 우월감 속에 등장하던 문화, 나눔의 장소에 대한 의견을 듣고 싶었다. 지금도 사람들과의 왕래가 왕성하냐고 그곳의 마스크에 대한 반향은 어떠하냐고 J는 뉴스가 아닌 그녀의 목소리로 변화를 느껴보고 싶었다.

사람들은 약국 앞에 더 이상 줄을 서지 않았다. 처음 마스크 오부제를 실시해도 마스크 수급이 원활하지 않자 지자체는 통장의 손을 빌려 각 가정에 금쪽같은 마스크를 나눠주었다. J도 하늘색 마스크를 받았다. 그 후 마스크 비축량이 점점 많아지면서 마스크 오부제는 안정화되었다.

중앙방역대책본부의 관계자는 텔레비전을 통해 매일 브리핑을 했다. 통계는 일일 단위로 이루어졌다. 패널토론은 청중 없이 뉴스 채널을 통해 이루어졌다. 감염 내과 의사는 단골로 출연했다.

J는 마스크를 사러 더 이상 약국에 가지 않았다. O는 집에 들어오면 제일 먼저 손을 씻었다. 그것은 올바른 손 씻기 6단계로 30초 동안 비누를 사용해 흐르는 물에 이루어졌다.

"손 씻어!"

재활용 플라스틱 초록 망을 집 앞 골목에 내놓고 현관으로 들어오던 J는 움찔했다. O는 여닫이문이 닫혀 있는 안방에 있었다. J가 안방에서 나오기 전 그는 컴퓨터를 켜놓고 유튜브를 시청하고 있었다. 몇 달 전까지만 해도 무언가에 심취해 있으면 주변에 어떤 일이 벌어져도 민감하지 않던 그였다.

J는 수건을 손에 들고 욕실에서 나왔다.

마침 안방에서 나오던 O의 귀 가까이 휴대폰이 들려 있었다.

"응, 소상공인이지."

"월급. 그런 것 없어. 직원이 있어야지."

"응, 1인 기업… 버티는 거지."

J는 눈을 동그랗게 뜨며 입술을 모아 누구냐고 물었다.

그는 짧게 민심이라고 말하며 주방 쪽으로 향했다. 민심은 새천년에 호주에 이민 간 그의 동창이다. J는 O의 동창들이 민심과 이별을 나누었던 떠들썩했던 그날을 여태 기억하고 있었다. 민심은 한국을 벗어난 새로운 환경에 대한 충만한 기대감에 들떠 있었다. 그의 신부는 결단력이 있어 보였다. 신부의 가족은 모두 호주에 살고 있다고 했다. 민심은 신부의 결단력과 결속

되어 뱃심까지 두둑한 듯했다. 그 밤에 J는 낮에 직장에서 말이 많던 컴퓨터 프로그래밍의 오작동 여부로 머릿속이 복잡했다. 아무도 살아보지 못한 새 천년이었다. 다음 날 쪼그라든 마음이 무색하게 19로 시작한 시간이 끝나도 컴퓨터에는 아무 일도 일어나지 않았다.

O는 바깥출입을 할 때 마스크를 착용했다. 점점 고객과 만남은 비대면 휴대폰 통화로 바뀌었다. 사업 초반에 자금 부족으로 인해 시작된 1인 기업 형식은 그대로 유지되었다.

코로나19 사망자 수는 점점 늘어났다. 세 자리 숫자를 찍는데 그리 오래 걸리지 않았다. 뭉게구름이 일 듯 소집단으로부터 전염력은 거미줄처럼 점점 넓어졌다. 넓어지는 거미줄은 새로운 질문을 걸어 다니는 사람들에게 던졌다. 당신은 진실하십니까? 당신의 행동반경은 올바릅니까? 당신은 사회적 동물이라는 인간적 질문에 대해 전적으로 동의하십니까? 그 동의에 대해 지금 하등의 죄책감도 없습니까? 마치 그것은 당신은 오늘 거미가 될 수 있습니다. 하지만 책임은 없다고 말하는 것만 같았다. J는 그 거미에 걸친 밤보다 한 뼘 마음에 내린 밤이 깊게만 느껴졌다. J는 창문을 열어젖혔다. 바람이 팽창하듯 커튼을 흔들었다. 햇살에 반짝이는 거미줄이 빌라에 만들어놓은 빨랫줄과 담벼락을 잇고 있었다. 부피가 큰 이불을 널던 빨랫줄은 텅 빈 채 가볍게 늘어져 엎어놓은 눈썹 같았다.

버스를 타 본 지도 벌써 넉 달이 넘었다. 차 문이 열리면 두 계단을 가볍게 올라 교통카드를 들이대면 요금 계산기에서 들려주던 소리조차 J는 요즘 정겹다는 생각이 들었다. J는 지난밤 O에게 용기를 내어 도서관에 갈 거라고 했다. O는 친절을 베풀 듯 시간을 내어 주겠다고 했다. 버스에 대한 정겨움이 대의를 위해 소의가 꺾이듯이 허무하게 날아갔다.

　휴관하던 공공도서관은 도서 대출 서비스를 이용객이 자동차에서 내리지 않고 지나가며 서비스를 받을 수 있는 시스템인 '드라이브 스루'로 전환하였다. 그것은 순전히 이용객들의 열망이 만들어낸 일종의 탈출구 역할을 해 주었다. 그 '드라이브 스루'가 '워킹 스루', 도서관 내부의 열람실까지 이어지는데 또다시 몇 달이 걸렸다.

　그동안 전자도서관과 스마트도서관이 이용객의 문화적 갈망을 해소하는 데 일조를 했다. 빠르게 변하는 비대면 서비스에 안도하면서도 J는 도서관 뜰에 있는 자작나무가 보고 싶었다. 안개가 걷힌 어둠을 뚫고 햇살에 반사되는 물기둥 같은 줄기의 껍질을 보면 J는 거룩함과 포근함을 동시에 느꼈다. 그것은 숲이 아니어도 좋았다. 자작나무는 J의 일상적 무료함을 털어내는 총채가 되어 어느덧 그녀의 가슴 속에 자리매김하고 있었다. 오늘 자작나무의 가지는 J의 내면을 바라보는 직관의 문이라도 열려는 듯 멀리 빛나는 태양을 물고 있었다.

　J는 보도블록에 1미터 간격마다 붙여진 붉은 테이프를 보면서 도서관 입구를 통과했다. 도서관 직원은 머리카락을 올린 이마에 체온을 측정했다. J는 비닐장갑을 끼고 방명록에 시간, 이름, 휴대폰 번호를 적고 자유로운 몸이 될 수 있었다. 물론 비치된 손 소독제로 손을 비비는 것은 이미 입구에서 기본으로 이루어졌다.

　도서관 로비에는 방문객에게 위안이라도 주듯 도서관 사진이 이젤에 전시되어 있었다. 이탈리아의 수도원 도서관, 프랑스, 아일랜드, 미국, 중국, 이집트, 대한민국의 코엑스별마당 도서관 사진도 있었다. J는 사진을 들여다보며 걸음을 옮겼다.
　J는 수도원 도서관의 천장화와 방사형 도서관 내부 오크 색의 육중함에 비춰드는 빛을 한참 동안 바라보았다. 한 걸음을 옮기면 물결처럼 미로의 책장들이 이어졌다. 책장과 책장 사이의 공간과 한 몸이 된 듯한 사람들이 J는 신선한 공기처럼 여겨졌다. 사진 속에서 그들은 무한의 파동을 지녀 어떠한 물체라도 뚫고 자리 이동을 할 수 있는 존재처럼 여겨졌다.
　J는 오랜만에 빌린 책을 옆구리에 끼고 도서관을 나왔다. 예전에 사람들로 앉을 자리가 없던 벤치는 텅 비어있었다. 벤치는 금속 표면에 비가 묻었던 흔적을 보이며 세월을 물고 있었다. 그 부식의 표식을 내려다본 후 J는 살짝 엉덩이를 내리고 앉았다. 이내 척추를 곧추세우며 서서히 고개를 들자 하늘가에 걸린 자작나무 너머로 원색의 하늘이 펼쳐졌다. J는 마스크를 벗고 길게 숨을 내쉬었다. 폐포 깊숙한 곳에 머무르고 있던 응어리가 일제히 기지개를 켜는 듯 편안함이 몰려왔다.
　사람의 기억은 어디까지 유용한 것일까. J는 요즘 랩을 가위로 자른 후 그 물건을 제자리로 다시 둠에 있어서 자연스럽게 행동이 엇갈렸다. 그 행동의 횟수는 반복되면서 고쳐지지 않을 뿐 아니라 이내 잊혀졌다.
　텔레비전의 뉴스 속보를 나름대로 분석해보면 사람들은 점점 투명해지고 있었다. 그래서 거미줄에 걸렸던 기억은 나른하게 잊혀졌다. 가령 아침 행동반경과 저녁 행동반경을 삭둑 가위로 잘라먹는 것과 같았다. J는 자신의 요즘 행태를 보면서 과연 사람들은 자신의 행동에 대해 얼마 동안 고스란히 기억하고 있을까 하는 의문이 들었다. 서로에게 스스로 걸림돌이 되지 않으려면 비대면은 점점 확대될 수밖에 없었다.

"박스는 밖에 둬요!"

J는 배달되어 온 물건을 푸는 O를 향해 주방에서 소리를 질렀다. 한동안 J는 빈 박스를 베란다에 쌓아두었다.

J는 언젠가부터 코를 간질이던 마스크를 뺀 집안에서 두통을 느꼈다. 두통의 원인을 찾아 집 안 구석구석을 킁킁거리던 J는 퀴퀴한 냄새가 나는 근원지가 종이박스를 쌓아둔 곳임을 알아차렸다. 종이박스는 얇아 견고하지 않음은 물론 물이 밴 것처럼 쉽게 손으로 뜯어졌다. 그 뜯긴 박스의 결 사이로 드러난 작은 틈에서 퀴퀴한 냄새가 났다. 날이 갈수록 택배 주문량에 따라 박스의 수는 늘어났다. 쇼핑몰에는 일 회 주문에도 함께 동봉하지 않는 물건들이 많았다. 어떤 날에는 물건 수만큼 박스가 배달되기도 했다.

J는 신선식품을 배달하는 새벽 배송은 이용하지 않았다. 그것은 편리함과 함께 감내해야 할 쓰레기 처리에 대한 부담을 지인에게서 들었기 때문이었다. 오늘도 경공업 위주의 몇 개 안 되는 공산품이 든 박스가 배달되었다. J의 목소리는 순간 높아졌고 O의 손놀림은 능숙하게 움직였다. 요즘 종이박스는 요일과 상관없이 집 밖에서 처리되었다. 한 집 건너에 폐휴지를 수집하는 할아버지가 있었다. 그 할아버지의 집 차고 셔터는 밤낮을 가리지 않고 반만 내려져 있었다. 그래서 어느 시간대든 종이를 처리하는데 도움이 되었다. J는 지금껏 할아버지의 얼굴을 몰랐다. 그 집 앞을 지날 때 보면 차고 안에 리어카가 있었다. 그 리어카 주위로 군데군데 종이박스나 폐휴지들이 흩어져 있는 것이 눈에 띄곤 했다. 그러다가 어느 순간 리어카는 사라졌다가 다시 그 차고 안에 있었다.

냉동실을 정리한 지 넉 달 반이 지났다. J는 밤하늘의 별을 봤다. 이웃집 아이들처럼 발랄하고 총총한 별빛을 올려다보는 J의 눈가에 이슬이 맺혔다. 신경이 예민해지면 들리던 이명도 오늘은 속삭임처럼 여겨졌다. 그 순간 애니메이션 영화 'Up' 속 러셀의 대사가 떠올랐다. '엄마가 말 안 하기 내기를 하자고 자주 얘기하곤 해요.' J는 마치 그 소년이 별이라도 된 듯 한참 동안 고개를 쳐들고 밤하늘을 보았다.

# 약속

\*

　노인은 철문을 반쯤 열었다. 문은 끼익 소리를 내며 고요를 깼다. 노인은 감색 슬리퍼에 왼발을 끼우고 엉거주춤 문 사이로 밤하늘을 유심히 살폈다. 왼손으로 문고리를 힘주어 잡자 몸무게를 견디지 못한 문이 밖으로 밀렸다. 순간 휘청거리며 다급히 오른손으로 벽을 잡은 몸에서 진땀이 났다. 일기예보에서 날씨가 쾌청하리라고 했건만 노인은 재차 두 눈으로 확인이라도 하고 싶은 심정이었다.
　아홉시가 되면 미리 약속받은 도우미는 올 것이다. 노인은 문을 닫고 싱크대로 가 수도꼭지를 틀어 찬물을 들이켰다. 갈증에 마신 물은 잇몸에 찌릿한 느낌을 안겨 주었다. 틀니는 아직 물에 담겨 있다. 잠에서 깨어나면 언제나 거울을 보기 전에 노인은 틀니를 찾아 끼었다. 어느 날 무심결에 보아 버린 틀니 없는 얼굴이 옴팡지고 볼품없이 허물어져 있음에 몸서리를 쳤던 기억이 났던 것이다. 영혼의 젊음은 언제나 육체를 따르지 못한다는 것을 알면서도 굳이 동조할 필요는 없는 것이다.

방으로 들어온 노인은 벽에 비스듬히 세워져 있는 등산 가방에 힐끗 눈길을 준 후 전기면도기를 손에 들었다. 스위치를 올려 몇 가닥 나지 않은 수염을 잘라내려고 윙윙 소리를 내자 누운 할멈이 얼굴을 일그러뜨렸다. 할멈은 움직이지 못하면서 소리에는 예민한 듯했다. 아마도 노인의 외출을 알아차리기라도 하는 것일까. 노인은 애써 모른 척 턱에 갖다 댄 면도기에 열중했다. 면도기를 턱에서 떼어낸 후 왼손바닥으로 매만져 보았다. 털은 없었으나 쭈글한 피부는 노인의 가슴을 서늘하게 훑고 지나갔다.

감색 칼집에 야외용 빨간색 칼을 넣고 피부가 메말라 땀도 차지 않지만 노인은 목에 두를 수건을 꼼꼼히 챙겨 배낭에 넣었다. 일회용 휴지와 비닐, 수첩도 배낭에 넣었다. 머리맡의 자리끼엔 언제 빠졌는지 날파리가 둥둥 떠 있는 게 노인의 눈에 들어왔다. 에이 몹쓸 것들 하필이면 이아침에……. 노인은 혼자 입을 웅얼거리며 작은 눈을 슴벅거렸다.

윗집 사람의 기척은 홈통을 통해 전해진다. 나이가 들면 귀가 약해진다는 말도 노인에게는 맞지 않는 까닭에 아침마다 노인은 홈통으로 흘러내리는 물소리를 오롯이 소음처럼 들어야 했다. 한껏 심사가 뒤틀린 날에는 위층에 전해질 리도 없는 애꿎은 화장실 문을 소리 나게 쿵하고 닫았다. 그래도 마음이 가라앉지 않으면 방안의 텔레비전 소리를 높였다. 누워있는 할멈의 표정이 떼를 쓰듯 일그러져도 노인은 눈길을 돌렸다.

젊은 날 가냘픈 몸피와 새하얀 손 맵시에 반한 노인에게 끝내 석녀로서 자리매김해 버린 할멈에게 고운 눈길은 사치인 셈이었다. 그렇다고 노인이 겉돌지 않은 것은 아니었다. 하지만 밖에서 만난 여자들은 끝내 완강한 아버지의 뜻 아래 문안으로 들어올 수가 없었다. 그렇다고 밖에서 아이가 생긴 것도 아니었고 그저 세월만 젊음 속으로 낡여 들어갔다.
 젊은 시절 할멈은 언제나 다소곳했다. 끼니때마다 정성이 담긴 반상을 차려내는 모습에 심사가 뒤틀린 날이면 훌러덩훌러덩 방안으로 번져나던 색색들이 반찬들도 할멈은 고스란히 무슨 예식이라도 치러내듯 알뜰히 걸레로 닦아내었다. 그리곤 남몰래 뒤뜰에서 어깨를 들썩였지만 노인은 끝끝내 시선을 돌렸다. 그런 할멈이 이젠 반상도 차릴 기력은 물론 자신의 수척한 몸피조차 움직이지 못하고 육 년째 누워있었다. 사람들은 노인에게 얘기했다. 대단하우 그렇게 마누라를 끼고 살고 있다니 복 받을 것이우 라고 했다. 노인은 그저 담담히 아무런 대답도 없이 눈을 그윽이 떠 보일 뿐이었다.
 도심에서 노인이 시간을 보낼 수 있는 일은 많았다. 그러나 언제부턴가 노인은 산으로 달아났다. 요즘은 시절이 좋아 전화 한 통이면 모든 것이 가능했다. 양조장을 하여 벌어들인 수입은 자식이 없는 탓에 노후에 쓰임새로는 부족함이 없었다.
 노인은 일주일 전에도 수요산악회의 전화를 받았다. 가이드를 맡고 있는 송 팀장은 입에 침을 바른 듯 능글맞은 목소리로 이번 산행은 내장산이라고 알려 주었다. 그리고 전화를 끊으면서도 많은 도움을 주어 항상 감사하다는 인사를 빠뜨리지 않았다. 송 팀장은 육십이 되어 보임직한데 언제나 노인한테 아버님 하면서 살갑게 대했다. 노인은 어느덧 그 목소리와 몸짓에 익숙해져 버린 탓에 가끔 허전함까지 느꼈다.
 이번 산행은 동래역 건강관리센터 앞에서 차가 출발한다. 아침 일곱시 전에는 센터 앞에 가 있어야 한다. 다른 날보다는 삼십 분 늦은 출발이 되지만 그래도 긴장을 잃으면 안 된다. 여차하는 순간이면 산악회 회원의 입장에서 가차 없이 제외되기 때문이다. 그러면 하릴없이 그 시간을 보내는 수고로움을 다시 엮어내야만 하는 것이다. 노인은 모임이 있는 전날엔 밤하늘을 살핌과 동시에 기상시간에 유난히 예민해지곤 했다.

　오늘 산행에도 월악네는 올 것이다. 월악네는 산악회에서 만난 육십 살 먹은 여자다. 그녀는 얼굴살이 동글동글하고 노인에게 곧잘 웃어주었다. 월악네는 저번 모임에서 노인의 옆자리에 앉았다. 그날은 뜻하지 않은 사람들이 갑자기 가게 되어 자리가 빼곡하니 차 혼자 앉아 가는 사람이 없었던 것이다. 월악네는 노인이 묻지도 않은 말을 와락와락 뱉었다. 노인은 오랜만에 조금 나이든 여자의 입에서 나오는 거침없는 말을 들으며 집에 누워있을 할멈을 떠올렸다가 이내 머릿속에서 지워버렸다.

　이남 이녀를 둔 월악네는 자식들이 함께 살자고 했지만 남편을 먼저 보낸 마당에 자식 눈치 보면서 사는 것이 싫어 작은 아파트에 혼자 산다고 했다. 먹을 것이 부족한 세상도 아니고 그렇다고 입을 것이 없는 것도 아닌데 울타리 같은 자식들의 시선을 곁에 둘 필요가 있냐고 본인의 의사결정을 흡족해했다. 노인은 그 얘기를 들으며 선택의 여지도 없는 자신을 돌아보며 스쳐 지나가는 바깥 풍경에 시선을 두었다.

　가을빛은 산 아래의 간간이 흩어져 있는 집들 사이사이의 골짜기를 타고 내려오고 있었다. 눈이 부시고 시어져서야 노인은 눈길을 차 안으로 돌려 고개를 숙였다. 그 순간 월악네의 엷은 녹색의 옥반지가 마디 굵은 무명지에서 노인의 시야에 들어왔다. 옥반지는 노인이 할멈에게 한 마지막 선물이기도 했다. 지금도 할멈은 손가락에 옥반지만을 유일한 장신구마냥 몸에 달고 있다.

신혼 때 할멈은 약간의 배부름에 그 당시 살던 읍내의 유일한 병원에 갔다. 근무를 마친 노인은 옥죄는 가슴을 부여안고 옥가락지를 샀다. 귀갓길에 골목에서 바라본 집은 깜깜했다. 해는 벌써 넘어갔건만 불빛은 집의 어디에서도 새어나오지 않았다. 노인은 순간 섬뜩함에 머리털이 쭈뼛거림을 느꼈다. 걸음은 그 짧은 거리를 점점 더디게만 만들었다.

열려진 빗장 사이로 바람이 넘실거렸다. 노인이 현관을 지나 거실로 들어설 때까지도 인기척을 느낄 수가 없었다.

"어디 있는 게요."

노인은 벽의 스위치를 올리며 나지막이 말했다.

"반지도 사왔는데……." 노인은 양복 안주머니의 반지를 왼손에 꺼내들며 안방문을 열었다.

할멈은 등을 보인 채 화장대 앞 의자에 앉아 있었다.

반지를 화장대에 올려놓고 노인은 할멈의 몸을 돌려 앉혔다. 언제부터였는지 할멈의 얼굴엔 진하게 마스카라가 볼 위로 줄을 그은 채 메말라 있었다.

노인은 더 이상의 질문 대신 할멈의 손가락에 반지를 끼워주었다. 중풍을 맞은 후에도 할멈은 그 누구도 반지를 뺄 수 없다는 듯 손가락을 오그려 펴지 않았다. 가끔 노인은 그런 할멈을 보면서 아직도 유효한 게요. 나에 대한 당신의 감정이란 것이 라면서 가슴 한편으로는 저릿함을 느꼈다.

윗집 남자가 나갔는지 홈통을 타고 내려오는 물소리는 어느새 사라졌다. 노인은 어제 도우미가 해놓은 밥을 물에 말아 입에 넣었다. 새벽에 하늘을 올려다본다고 잠을 설친 탓인가. 입안이 거슬거리고 입맛도 없다. 틀니까지도 따로 노는 듯하다.

　노인은 산악회에 가면 언제나 아침이 나왔지만 집에서 밥을 먹고 나갔다. 나이가 듦에 따라 저도 모르게 허청거리는 걸음걸이를 누구에게도 보이고 싶지 않아 밥 힘을 빌려보자는 심산이었다. 그래도 어떤 날에는 살짝 어지럼증과 함께 찾아오는 중심의 잃음을 일시적인 몸짓으로 양팔을 벌려 기지개를 켜면서 과장하곤 했다.

　개수대 안에 그릇을 담가두고 노인은 세면실로 갔다. 틀니를 입에서 빼어 약간 거친 칫솔로 흐르는 물에 정성스레 닦은 후 다시 제자리에 끼워 넣었다. 틀니는 약간 서늘함과 더불어 이내 잇몸 위로 달라붙어 더 이상 따로 놀지 않았다. 그제야 노인은 세면대 위의 거울에 얼굴을 비춰 보았다. 희끗희끗하지만 그런대로 머리숱이 많음에 흡족한 미소를 지어본 후 세면실에서 나왔다.

　방으로 들어온 노인은 세 번째 서랍장을 열어 속옷을 꺼냈다. 도우미는 항상 그곳에 속옷을 정리해 두었다. 노인은 아무런 거리낌 없이 그 자리에 선 채 겹겹의 옷을 훌러덩 벗었다. 그리고 팬티를 오른쪽 다리에 끼고 등을 서랍장에 기댔다. 약간 몸이 오른쪽으로 기울어지며 엇비스듬히 내려다본 시선은 순간 할멈과 마주쳤다. 할멈의 눈은 무연히 노인의 배에 가려져 본인에게는 보이지 않는 아랫도리를 향하고 있었다. 노인은 순간 식은땀이 돋는 듯했다. 노인은 잠시 눈을 감았다가 뜨고 왼 다리를 팬티에 마저 끼워 입었다. 그리고 몇 걸음 옮겨 할멈의 시야로부터 벗어났다.

　오늘 날씨는 그리 춥지 않을 것이다. 가볍게 등산용 감색 바지에 한톤 밝은 잠바를 몸에 걸치고 끄응 신음소리를 내며 노인은 전화기가 있는 텔레비전 옆으로 갔다. 그리고 전화번호가 적힌 메모장을 뒤적였다. 커다란 활자로 쓰여진 도우미의 전화번호는 이내 눈에 들어왔다.

"접니다."

노인은 한껏 점잖스러운 목소리를 내었다.

"오늘이 그날이라서……."

"아, 예, 그렇지요."

"열쇠는 어디 있는지 아시지요?"

"다녀오세요."

노인은 그제야 안도의 긴 숨을 쉰 후 수화기를 내렸다.

천천히 일어난 노인은 미리 싸둔 배낭을 어깨에 멨다.

"다녀오리다."

노인은 할멈에게 시선도 두지 않은 채 입으로만 말하며 손으로 안방문을 닫았다.

바깥공기는 조금 서늘했다. 앞집의 높은 담장을 훌쩍 넘은 태산목은 희끄무레한 어둠 속에서 칙칙한 덩어리로 우뚝 솟아 있다. 봄에는 그리 빛 좋은 꽃을 하얗게 피어 올리더니 시간을 누가 잡을 수 있으리오. 중풍을 맞기 전의 할멈은 태산목을 유난히 좋아했다. 할멈은 이유도 말해주지 않으면서 노인이 자신의 태산목이라고 가끔 말했다. 노인은 수줍음을 워낙 타는 할멈의 성격을 알기에 그저 그러려니 하면서 지냈다. 이른 시각이라 그런지 골목길엔 사람이 없다. 띄엄띄엄 켜져 있는 가로등이 만든 그림자만 발끝에 붙따를 뿐, 노인은 상념에 젖어 터덜터덜 걸었다.

양조장을 하던 시절, 노인은 양조장지기로 억칠이를 고용했다. 학력이 없어 사람 등쳐먹을 염려가 없는 듯해서였다. 양조장 사무실과 잇닿은 곳에는 단칸방이 있었다. 부부가 살기에 그리 부족함이 없는 듯하여 노인은 아예 그곳에 머물러 줄 것을 부탁했다. 살림살이가 넉넉지 않았던 그들은 이내 소박한 짐을 옮겼다. 그리고 한 해가 넘어갈 무렵 억칠이는 아비가 되었다. 억칠은 아이의 이름을 경수라고 지었다. 경수의 울음소리는 단칸방의 들창 너머 노인의 귀에까지 들려왔지만 싫지가 않았다. 가끔 억칠은 양조장 마당에서 경수를 둥개질하며 입을 헤벌쭉하게 벌리기도 했다. 가까이에서 그것도 사내아이를 접할 수 있다는 것은 겉으로 내색은 않았지만 노인의 마음 한편을 뭉클하게 만들곤 했다.

경수가 발걸음도 떼지 않은 어느 여름날, 방문 앞에 서서 경수어멈은 억칠을 불렀다. 점심을 들라고 양조장 입구 쪽에 서 있던 억칠을 부르는 경수어멈의 가슴께의 옷은 진하게 색깔이 변해 있었다. 노인은 아찔함을 느꼈다. 그리고 양조장과 멀지 않은 곳에 위치한 집으로 부리나케 내달렸다. 염천에 할멈은 마당에서 봉곳한 가슴이 솟은 위로 하얀 적삼을 입고 빨래를 줄에 널고 있었다.

"이 시간에 어찌……."

동그랗게 눈을 뜨고 할멈은 채 말을 잇지 못했다.

노인은 순식간에 할멈의 손목을 낚아챘다. 순간 줄이 당겨지며 널려 있던 빨래들이 줄줄이 마당의 흙 위로 스르륵 패대기쳐졌다.

"어 어 어……."

할멈은 방안으로 연이어 이끌려 들어갔다. 노인의 손은 거칠고 탐욕스러웠다. 적삼을 풀어헤치자 노인의 눈에 비친 할멈의 연분홍 꼭짓점은 노인의 가슴을 하르르 떨게 만들었다. 방안에 깔려진 대자리 위에 눕혀진 할멈의 눈꺼풀이 파르르 떨리고 있었지만 노인은 애써 외면했다. 그리고 아주 격렬하게 할멈의 뽀얀 살갗을 음미하며 뿌려도 결코 새순처럼 돋아나지 않는 하얀 액체를 물고기마냥 방사했다. 그리고 노인은 대자리에 등을 대고 누워 천장을 올려다보았다. 유리창을 통해 들어온 햇살은 천정에 사각의 형체를 그리고 있었다. 사르륵 소리에 노인은 고개를 옆으로 돌렸다. 모로 누운 할멈의 어깨가 가늘게 떨리고 있었다. 물속에서 헤엄치던 노인의 몸은 어느새 싸늘히 식어져 있었다. 노인은 흐트러진 옷매무새를 고치고 말없이 집을 나왔다. 머리 위로 줄기차게 쏟아지는 햇빛은 비척거리며 양조장으로 되돌아오는 노인을 내내 지켜보는 듯 했다. 양조장 단칸방 곁의 느티나무가 노인의 시야로 들어올 때까지 멍한 의식은 확연하게 깨어나질 않았다.

한번은 경수가 옹알이를 거쳐 말을 배우고 할 무렵, 마당에 있는 노인의 얼굴을 올려다보며 경수는 아빠 하는 것이었다. 아이의 말에 지레 놀라고 당황한 억칠부부는 얼굴이 울그락불그락 어찌할 바를 몰라 했다. 하지만 노인은 아이가 잘 몰라서 한 소리라고 대충 얼버무렸지만 부부의 눈을 피하여 살짝 연습시켰던 것을 알 턱이 없는 그들은 연신 고개를 죄송하다고 주억거렸다. 노인은 허 참 그 놈 하면서 못이기는 척 부부의 사과를 받아들였다.

어느새 큰길로 접어든 노인은 택시를 잡아탔다. 그리고 행선지를 알려주었다.

"어르신, 산에 가시나 봐요."

기사는 의례적인 말을 했다.

"그렇다오, 다리 운동도 할 겸."

"동네 약수터보다야 산이 낫지요. 사람들도 새로 만나고…….."
 어느새 기사의 말은 능글대기 시작했다. 노인은 못 들은 척 창밖을 내다보았다. 하나둘 불빛이 켜져 있는 곳은 어김없이 가게들이다. 더 이상의 말이 없자 기사는 입을 닫은 채 노인을 목적지에 내려주고 인사도 없이 가버렸다.
 회색빛 바위로 조경을 한 건강관리센터 앞에는 사람들이 서성대고 있었다. 하지만 노인의 눈에 그 무리 속에서 아는 얼굴은 보이지 않았다. 차가 출발하기까지는 여분의 시간이 남아있다. 미리 연락받아 알고 있던 한남관광버스는 여러 대의 차 중에서 제일 앞에 있었다. 노인은 차량만 확인하고 차에 올라타지 않았다. 언제 풀렸는지 등산화의 끈이 길게 보도블록 위에 지렁이마냥 구불거리는 게 눈에 들어왔다. 고개를 갸웃하며 차도와 인도의 경계석 위에 엉덩이를 내리며 힘겹게 앉았다. 살찐 배로 인하여 끈을 매는 노인의 얼굴엔 긴장감과 함께 손가락이 떨렸다. 끈을 질끈 맨 후 노인은 허리를 펴며 긴 숨을 내쉬었다. 온몸의 달뜬 기운들이 한순간에 어디론가로 새어나가는 듯했다. 조금 진정이 되자 비로소 노란 은행잎이 눈에 들어왔다. 4차선을 사이에 둔 가로수는 빌딩 숲 사이로 색을 달리 하고 서있다. 자연스런 햇볕의 쪼임도 도심에서는 높은 건물로 인하여 고르게 배분되지 않는다. 맞은편 은행잎은 아직도 녹색을 띠고 있다. 그렇게 계절은 같은 종의 나무에게조차 오락가락했다.
 "아이고, 아버님, 차에 오르시지 않고……."
 어디에서 나타났는지 송 팀장이 두 손을 맞잡으며 말했다.
 "금방 왔네."

웬일인지 송 팀장의 복장은 양복이었다.

송 팀장은 본인보다 약간 어린 듯한 남정네를 가리키며 노인에게 인사를 시켰다.

"오늘부터 새로 온 김 부장입니다."

"아, 그런가."

"잘 부탁드립니다."

김 부장은 깍듯하게 허리를 굽혀 노인에게 인사를 했다.

"얼른 차에 오르시지요."

노인은 버스기사 뒤 세 번째 자리의 창쪽으로 갔다. 어깨에 배낭을 멘 채로 앉아버려 순간 몸이 심하게 흔들렸다. 무릎을 앞좌석에 바짝 붙이고 배낭을 어깨에서 뺐다. 옆자리에 배낭을 두고 머리를 곧추세워 버스 안을 둘러보았다. 제일 뒤편에는 같이 온 패거리들인지 여자들이 옹기종기 주절거리고 있었다. 여자들은 족히 칠십 줄에 선 듯해 보였다. 할멈도 저들 또래이리라. 나이를 세지 않고 산 지도 여러 해이다. 아무런 움직임도 하지 못하는 할멈의 나이를 헤아려 본들 무슨 뾰족한 수도 없는 터이기에 노인은 언제부턴가 셈을 하지 않았다.

아직 도우미는 집에 오지 않았을 것이다. 할멈은 익숙한 집의 방에서 희미하게 밝아오는 시간을 인식이나 하고 있을까. 항상 뒷머리가 무겁다고 손으로 툭툭 치던 할멈에게 노인은 무심했다. 살갑게 곁에 착 달라붙어 흐느적거리는 애교도 부릴 줄 모르는 할멈은 어느 날 입에 거품까지 물고 눈을 희번덕거리며 방에 쓰러져 있었다. 언제 쓰러졌는지 짐작도 되지 않는 시간을 의사는 자꾸 노인에게 물어보았다. 정확한 시간을 알 수가 없었던 노인은 그냥 눈만 말똥말똥하면서 끝내 입을 열지 못했다. 의사는 시간이 중요하다고 되풀이했지만 노인은 알 수 없는 시간을 지어낼 수도 없었다. 그렇게 할멈은 석 달이라는 시간을 중환자실에서 보낸 후 집으로 돌아왔다. 할멈의 입은 끝내 말을 뱉어내지 못했다. 더한 것은 걷지도 못하고 매양 누워 있기만 했다.

처음 집에 돌아온 날, 노인은 할멈을 내려다보며 말을 했다.

"집이네, 이젠 온 거라네."

"……."

"배가 고픈가."

"……."

점점 고요 속으로 침잠해져 가는 집에서 노인의 말은 서서히 부서졌다. 하지만 노인은 아랑곳하지 않고 혼자 할멈에게 얘기를 걸었다.

"자네, 기억나는가."

"……."

"내가 자네 볼 위의 검은색 마스카라를 손수건으로 닦아주었지. 그날 말일세."

"……."

시간은 더디고 무겁게 지나갔다. 가끔 노인은 여름날 뒤란에서 흐느끼던 할멈의 시간을 떠올리곤 했다.

삐이익 쇳소리가 나고 김 부장의 목소리가 마이크를 통해 흘러나왔다.

"오늘 어르신들을 모시게 된 새로 온 가이드입니다. 차는 5분 후 출발하여 관광을 두 군데 하고 내장산으로 갈 예정입니다. 어르신들을 모시게 되어 영광입니다."
"그 양반 참 잘 생겼네. 우리가 잘 부탁하네."
차 뒤쪽의 여자들 중 누군가가 소리쳤다. 뒤이어 짝짝짝 박수치는 소리가 차 안의 분위기를 들뜨게 했다. 입센 여자들은 우우우 하고 소리도 질러댔다.
5분 후면 출발한다는데 차의 어디에도 월악네의 모습은 보이지 않았다. 노인은 저도 모르게 끄응 하고 새어나오는 소리를 막지 못했다.
"배낭 좀 치워주게, 금산이."
"아니, 경칠이 자네 아닌가."
노인은 일어나 배낭을 머리 위의 짐칸으로 천천히 올렸다.
"저번 산행에서 못 간다고 하더니 어찌 된 건가?" 노인은 앉으면서 조급하게 물었다.
"그리되었네. 가면서 얘기함세."
경칠은 수요산악회에서 만난 갑장으로 노인과는 어느새 스스럼없는 친구가 되었다.
버스는 어느새 밝아오는 도심을 지나 만덕터널에 진입하고 있었다. 평일은 차가 밀리지 않아서 좋았다. 노인은 처음 멋모르고 일요산악회의 모임에 갔다가 차 안에서 낭패를 본 적이 있었다. 길은 막히고 아무 생각 없이 마신 소주는 배설의 욕구를 해결해달라고 아우성쳤지만 노인은 진땀을 삐질삐질 흘리면서도 말을 할 수가 없었다. 차 안은 대부분 젊은 사람들뿐이었고 간혹 희끗희끗한 모습의 사람이 한두 명 있긴 했지만 그들은 노인과 비교도 되지 않을 만큼의 젊음을 간직하고 있었다. 결국 노인은 그 날 이후 전립선 문제로 병원 신세를 졌던 기억이 떠오름에 뻥 하고 뚫린 도로를 보면 왠지 그날의 수치스럽던 기억이 떠올랐다.

 만덕터널을 통과하자 김 부장은 누런 상자 안의 바나나와 단감을 하나씩 나눠주었다. 연이어 찰떡, 물과 검은 비닐봉지도 배분했다. 돈을 지불하고 타는 관광버스이지만 노인은 왠지 가만히 앉아서 받는다는 것에 아직도 익숙하지 않았다. 경칠은 언제 챙겼는지 병소주의 뚜껑을 따고 종이컵에 한 잔 따라 들이킨 후 노인에게 술을 권했다. 노인은 조용히 머리를 가로저었다. 경칠은 저번 산행 때보다 약간 수척해 보이는 듯했다. 단감의 외피를 소매로 한번 훔친 경칠은 우적우적 씹어먹었다. 두 잔을 연거푸 마신 다음에야 경칠은 소주병을 앞좌석의 등받이에 매달린 망에 끼워 넣었다.

"딸년이 말이야, 안 한다지 뭔가."

경칠은 알쏭달쏭한 말을 했다.

"무얼 말인가?"

"집도 주고, 상가 자리도 하나 내준다는데 말이야."

경칠은 휴우 하면서 한숨을 길게 내쉬었다.

"언제부터 사랑이 전부였냐고 내 아침에 따귀 한 대 올렸지."

노인은 그제야 막내딸의 결혼 문제로 노심초사하던 경칠의 말이 생각났다.

"금산이, 자네 아직도 마누라 사랑하는가?"

"사랑해서 결혼했는가? 어디 말 한번 해봄세."

"나는 말일세, 그냥 정들면 그게 사랑이라고 생각했네."

경칠은 연이어 말한 후 창밖 너머로 시선을 돌렸다.

노인은 마누라를 여즉 사랑하는가 라는 그 말이 귓가로 웅웅거리며 들려와 잠시 혼미함까지 느꼈다. 지금쯤 도우미는 집에 왔을 것이다. 그리고 할멈의 상체를 세워놓고 아침식사를 먹일 것이다. 할멈은 매일 코줄을 통하여 멀겋고 노란 액체의 영양을 공급받았다. 코줄을 통하여 한 번의 입다심도 없이 곧장 위로 들어가는 영양은 병원에 매달 코줄을 교체하러 갈 때마다 구입해왔다. 도우미는 몇 년을 고정적으로 다닌 탓에 이젠 노인의 말이 필요 없을 정도로 정확하게 본인의 일을 성실하게 수행했다. 누군가의 불행은 또 다른 누군가의 삶의 기본적인 터전이 됨에 노인은 가끔 할멈을 내려다보며 말했다. 자넨 누워서도 좋은 일을 하는 겐가 라고 지긋한 눈길을 할멈에게 던지곤 했다.

어느새 차는 진영휴게소에 멈췄다. 이곳은 항상 관광버스에서 아침을 제공하는 곳이기도 했다. 노인은 천천히 내려 경칠의 야윈 손을 잡아끌고 긴 의자에 앉혔다. 그리고 밥 말은 시락국과 수육과 김치, 멸치가 담긴 그릇을 받아들고 노인은 경칠의 옆에 앉았다. 입맛이 없는지 경칠은 손을 내저었으나 노인은 국그릇을 들이밀었다. 경칠은 반찬에는 손도 대지 않고 시락국에만 밥을 한술 떴다. 15분 동안 휴게소에 머문 차는 다시 도로 위를 씽씽 달렸다.

뒤쪽의 여자들이 운전기사에게 음악을 틀어달라고 소리를 질렀다. 조금 있자 여지없이 시끄러운 뽕짝이 차안에 울려 퍼졌다. 아마도 여자들은 조금 있으면 엉덩이를 들썩거리며 일어날 것이다. 달리는 차 안에서의 춤은 불법이었지만 어찌 법만 지키면서 살 수 있던가. 흥에 겨운 여자들의 들썩거림 속에서 찢어질 듯한 음악은 천마 파는 영농조합에 다다라서야 겨우 멈췄다.

노인은 이곳에 여러 번 왔다. 오늘도 분명 조합의 부장이라는 사람은 비디오를 틀어 줄 것이다. 그리고 중간 중간 비디오를 멈추면서 정풍초에 관한 효능을 재차 강조할 터였다.

처음 이곳에 왔을 때 노인은 아무런 의심도 없이 천마를 구입했다. 그리고 풍을 맞은 할멈을 떠올리며 진작에 알지 못한 자신의 무지에 대해 한탄을 했다. 판매도우미들은 사람들의 나이 듦에 집중적인 공격의 말을 퍼부었다. 그리고 그들의 주머니를 탈탈 털었다. 경칠은 술기운이 돌아 그런지 제일 앞 의자에 앉아 꾸벅꾸벅 졸았다. 조합의 부장은 경칠을 보며 귀가 차다는 듯한 시선을 보냈다. 물건을 구입하는 사람이 별로 없자 부장은 판매도우미들에게 억지로 구걸하지 말라고 소리치며 손사래를 쳤다. 그리곤 다시 목소리를 내리깔고 조금 전 말한 두 배의 천마를 같은 가격에 주겠다고 말한 후 다시 주위를 둘러보았다. 노인은 매번 당하는 일이었지만 오늘은 알 수 없는 역겨움이 속으로부터 올라옴을 느꼈다. 할멈은 이미 오래된 풍으로 인하여 정풍초의 아무런 효능도 맛보질 못했다는 생각이 이중으로 떠올랐다. 결국 두 명의 구입자가 나온 후에야 노인은 그 장소에서 벗어날 수 있었다.

화장실에 갔다가 다시 차에 오른 노인은 경칠의 충혈된 눈을 보며 한잠 푹 자라고 말했다. 경칠은 쓰윽 웃음을 흘리는 듯하더니 이내 낮게 코까지 골았다. 팔십에 가까워오는 경칠로서는 딸을 떠나 본인이 욕심나는 혼사 자리이기도 했을 터였다. 젊은 시절 아무리 돈을 벌었다 하더라도 어찌 길어진 수명을 당해낼 재간이 있겠는가. 노인은 잠시 자식 없음에 대해 감사해야 하나 하고 싱겁게 미소 지었다.

길과 인접해 있는 산의 활엽수들은 제법 가을의 의미를 아는 듯했다. 가끔 스쳐 지나가는 마을의 건물 벽에 걸려있던 플래카드가 바람에 심하게 펄럭였다. 오늘은 손님이 많지 않아서 그런지 심드렁한 표정으로 일관하던 송 팀장은 천마 파는 곳에서 개인사정 운운하면서 슬쩍 차에서 내렸다. 김 부장은 이제 홀가분하게 우리끼리 편안한 산행을 해보자고 너스레를 떨었다. 조금 후 김 부장은 호일에 싼 밥과 반찬을 일일이 나눠주었다.

경칠은 아침과 달리 무엇이 헛헛한지 드문드문 검정콩이 섞인 밥을 남김없이 모두 먹었다. 그런 후에도 찰떡을 입에 넣고 씹는 그의 양볼은 마치 심통 난 아이처럼 요란스럽게 실룩거렸다. 노인은 경칠에게 슬그머니 본인의 찰떡도 건네주었다. 산악회에 오면 언제나 떡을 후식이나 간식으로 나눠주곤 했다. 하지만 노인은 이제껏 한 번도 그것을 먹어본 적이 없었다. 그렇다고 틀니를 해서 못 먹겠노라고 대놓고 말할 수도 없는 노릇이었다. 번번이 노인이 받아놓던 찰떡은 고스란히 집으로 가져가 쓰레기통 속으로 버려졌다.

차 안에서 나눠준 점심을 먹고 난 후에도 차는 한참 동안을 달렸다. 차창 밖으로 가끔 산비탈의 구절초 무리들이 스쳐 지나갔다.

노인은 물을 입안 가득 머금었다. 몇 번 혓바닥을 굴려 틀니 사이에 끼인 이물질이 떨어졌다고 생각한 연후에야 비로소 물을 삼켰다. 노인은 치아의 뻑뻑한 느낌이 사라지자 기분이 한결 나아지는 듯 했다.

점심을 먹고 30분이나 지났을까. 또다시 음악소리가 높아졌다. 시중에서 장르가 다른 노래도 차 안에서는 결국 뽕짝으로 탈바꿈했다. 뒷자리의 노란 등산복을 입은 여자는 급기야 경칠의 옆자리까지 진출하여 춤을 췄다. 여자는 등받이 위를 양손으로 움켜쥔 채 쉼 없이 엉덩이를 좌우로 흔들었다. 가끔 여자의 가슴과 배가 차의 속력에 따라 심하게 출렁거렸다. 경칠은 고개를 왼쪽으로 돌려 노인의 얼굴을 바라보며 헤벌쭉 웃었다.

"소화…… 좀 시켜요."

여자는 경칠을 보며 숨넘어가는 소리로 말했다.

"그럼."

경칠은 못 이기는 척 엉거주춤거리며 통로로 나갔다.

출렁거리는 두 사람의 몸놀림은 강천산 이정표가 보일 무렵에야 끝이 났다. 본인의 자리로 돌아가기 전 인사를 하는 여자의 목선은 진한 화장으로 유난히 도드라져 보였다. 여자가 등을 보인 후에야 경칠은 자리에 풀썩 주저앉았다. 순간 노인은 공기 속에 번지는 단내를 느꼈다.

삐이익 마이크에서 금속성의 찢어지는 소리가 새어 나온 후 김 부장의 말은 비로소 전해졌다.

"어르신들, 목 잠깐 축이겠습니다."

차는 온갖 장류를 파는 가게들이 즐비한 곳에 세워졌다. 줄을 서듯 차례로 내린 사람들은 김 부장이 안내한 집으로 들어섰다. 강천산에서 유명하다는 희부연 막걸리가 한 순배 돈 다음에야 차는 다시 시동을 걸었다. 노인은 막걸리 대신 얼른 가게의 오른 귀퉁이에 있던 화장실로 가 차오른 방광을 비웠다.

이정표에 적힌 강천산을 보자 사람들은 여기저기서 수런거렸다. 순창군에 속한 강천산이 내장산에 인접해 있음을 사람들은 아는 듯했다. 차는 왼쪽으로 멀리 강천산의 산마루를 언뜻언뜻 보인 후에야 내장산 주차장에 도

약속 157

착했다. 김 부장은 세 시간의 자유 산행 시간을 알려주었다. 노인은 주섬주섬 옷매무새를 고치고 경칠에 뒤이어 좌석에서 일어났다. 일어나면서 본 뒷자리의 여자는 열심히 무언가를 얼굴에 툭툭 치고 있었다. 여자의 목선은 한층 더 도드라져 보였다.

노인은 경칠과 함께 천천히 걸었다. 경칠은 노곤해 보이는 듯했다. 국립공원 매표소에 이르기까지의 거리는 노점상들로 가득했다. 몸을 이리저리 지그재그로 돌리며 걸어야만 겨우 앞으로 나아갈 수 있었다.

녹색 그물망에 터질 듯이 담긴 감, 이곳과 아무 연관도 없는 갈색 외피를 두른 수면베개, 집에서 담가온 듯한 진한 고동 빛깔의 무장아찌, 어디에 가나 있는 호박엿과 분홍과 흰색의 솜사탕, 후줄그레한 옷을 걸치고 입술선 너머로 빨강색 립스틱을 칠한 품바꾼, 파전과 각종 튀김류들이 뿜어내는 기름 냄새가 범벅인 거리는 리어카에서 틀어놓은 노랫소리와 더불어 왁자지껄했다.

표를 끊고 한참을 걸어가던 경칠이 나무 아래 있는 벤치에 느른히 앉으며 말했다.

"시간도 많은데……."

노인은 아무런 대꾸도 없이 따라 앉았다.

노인은 스스로를 위무하듯 하늘을 올려다보았다. 파란 하늘 아래 작은 새들이 포르르 날아갔다. 바람이 일어 머리칼을 흔들자 이내 노인의 시야로 단풍잎들이 햇빛과 더불어 들락거렸다. 지금 이 순간 할멈이 곁에 있었으면 아마도 자신의 손을 꼭 잡고 미소를 지었을 것이다. 할멈은 그 옛날 신혼여행으로 온 이곳을 기억이나 할까. 노인은 등을 둥글게 말며 발을 내려다보앉다. 불꽃처럼 환한 잎이 등산화 옆에서 바람에 살랑거렸다. 노인은 손을 뻗어 단풍잎을 집어 올렸다. 그리고 한참을 보다가 수첩의 겉면 비닐 사이에 조심스럽게 끼워 넣었다.

"이놈의 잠은……."

경칠은 머쓱한지 한 손으로 머리칼을 훑으며 몸을 잠시 부르르 떨었다.

"탐방로를 따라 걷다가 우화정을 보고 돌아 내려오는 건 어떤가?"

노인은 나지막한 목소리로 말했다.

"우화정?"

"물 위에 떠있는 작은 정자라네."

"아하."

경칠은 몸을 일으키며 말했다.

우화정을 낀 호수 주위엔 사람들이 꽤 많았다. 엇비스듬히 몸을 붙이고 카메라 앞에 선 사람들은 연방 웃고 있었다.

노인과 경칠은 우화정과 최단거리의 자리에 머물다가 주차장의 차로 되돌아왔다. 내장산에서 출발한 버스는 해가 넘어간 다음에야 부산에 도착했다. 녹작지근한 몸은 나이를 속일 수가 없다고 혼자 웅얼거리며 노인은 집의 현관문을 열었다. 집안은 고요했다. 도우미는 할멈의 저녁까지 해결해주고 돌아갔을 것이다. 할멈의 머리맡에 켜져 있는 스탠드는 방안을 밝히기에 충분했다. 노인은 조심히 옷을 벗고 자리에 누웠다.

언제 잠이 들었던가 쇠문 소리에 노인은 눈을 떴다. 아침은 벌써 창을 통해 밝은 빛으로 방안까지 밀고 들어와 있었다.

"어르신."

도우미의 조심스런 목소리다.

노인은 옷을 입으며 헛기침을 두어 번 했다.

"들어오게나."

"혹시, 손을 보셨나요?"

노인은 의아한 표정을 지어 보였다.

"글쎄, 손가락에서……."

노인은 그제야 옥반지가 끼여져 있는 할멈의 손가락을 보았다. 그곳은 반지를 사이에 두고 골이 파이듯 피부가 벗겨지고 진물이 묻어 있었다. 아마도 몹시 힘을 주어서 생긴 듯했다.

"할멈 식사 좀 챙겨줌세."

노인은 겉옷을 하나 더 걸친 후 집을 나왔다. 햇살은 어느새 등에 따뜻이 내려앉고 있었다. 잠시 후 비척거리는 노인의 손에는 약봉지가 꽃잎처럼 살랑거렸다.

# 어깨놀이 변주곡

\*

 개미들이 운동을 시작했다. 코로나19로 사람들과의 만남이 막혀버린 것은 일종의 핑계였다. 주변에 조금만 관심을 돌리면 부동산에 목맨 사람이 많았다. 매일 접하는 치솟아 오르는 부동산 가격과 정부의 부동산 정책에 관한 뉴스에 Y는 피로를 느꼈다. Y는 영끌 세대는 아니었다. 그들은 30~40대로 영원까지 끌어들여 의식주에서 주를 위해 올인한 젊은 세대를 인터넷에서 영끌 세대라고 풀이한 것을 쉽게 찾아볼 수 있었다. X는 유튜브에서 부동산 관련 영상을 찾아보았다. 최근에는 쇼킹부동산의 고정 구독자가 되었다. 정부가 내놓는 부동산 정책에 관해 누구의 분석이 맞는지 알 수 없는 Y로서는 울며 겨자 먹기식으로 X가 켜놓은 유튜브를 같이 들을 때가 많았다. Y가 지켜본 바에 의하면 X는 무언가에 꽂히면 주야장천 그것에 몰입했다. Y는 한때 X가 오덕후가 아닌가 하고 의심의 날을 세운 적도 있었다. 하지만 타인과의 만남에도 적극적이었기에 슬며시 걱정을 내려놓았다.
 Z는 영끌 세대에 진입을 앞둔 나이이다. 영끌이라는 개념을 Y는 기혼과

미혼으로 나름 정리했다. 외부에서 전해지는 영끌 세대의 개념에 충족함이 무엇이든지 간에 Y는 자신의 개념을 확립해놓았다. 가정의 구성원에서 독립한다는 것은 자유 이전에 금전이라는 처방책이 필요하다고 Y는 늘 생각했다. 금전이란 새로운 가정을 꾸릴 총알이었다.

세계 각국에 흩어져 살면서 금융을 주무르고 있는 유대인의 자식 교육에 관한 이야기를 유튜브에서 본 날, X와 Y는 Z에 관해 고심하기 시작했다.

"주식으로 할까?" X가 커피를 마시면서 말했다.

"총알이 없는데 어떻게 하지요?" Y는 X의 눈을 뚫어질 듯 보면서 말했다.

"너무 기분파라서 돈이 있으면 앞뒤 생각 없이 사고 싶은 것을 사니까 그것이 문제이긴 하지. 어제도 차에서 사용하는 무선 휴대전화 충전기를 사는데 아버지 것도 사 드릴까요? 하면서 근무 중에 전화했어."

"그래서 샀어요? 오늘 출근하기 전에 돈 좀 빌려달라고 한 것 아니에요." Y는 의아한 눈빛으로 X를 보았다.

"아니." X는 물어볼 필요도 없다는 듯 짧게 말했다.

"퇴근하면 주식 얘기 한번 해봐요? 관심 좀 두게."


얼마 전 Y는 1년짜리 적금이 만료되어 신협에 갔다. 창구에서 고객을 담당하는 직원은 다시 예금을 해줄 것을 권했다. 하지만 천만 원을 1년 동안 은행에 묶어놓고 이자에 대한 세금을 떼고 10만 원 조금 넘게 받는다는 것에 선뜻 다시 돈을 쟁여둘 마음은 눈곱만큼도 생기지 않았다. 만료 전에 해지하면 그나마 그것마저도 받지 못하여 참고 지냈던 날들이었다. Y는 조합원도 탈퇴하려고 했지만, 직원의 만류에 깨끗하게 정리하지 못한 것을 집에

와서 후회했다.

항간에는 마이너스 금리 시대가 올 것이라고 떠돈 지 오래였다. 마이너스 금리라는 것은 예금에 들거나 채권을 사면 이자를 받는 게 아니라 되레 보관료 개념의 수수료를 낸다는 의미다. 그것은 현금을 안전하게 보관해주는 대신 대여금고 서비스에 대한 대가를 내는 셈이다. 지금 유럽과 일본에서 실제로 벌어지고 있다고 Y는 뉴스를 통해서 알고 있었다.

사람들은 은행의 이자율이 낮아지자 부동산으로 눈을 돌린 지 오래였다. Y는 요즘 잠이 안 왔다. X의 사무실 임대만료가 다가오고 있었다. 사무실의 집주인은 두 달 전에 바뀌었다. 사무실을 임대할 때의 주인이 건물을 팔아버린 것이다. 어느 날 새 주인은 X에게 임대계약서를 새로 쓰자고 요구했다. 그 새로에는 전세를 월세로 바꿀 수 있음이 내포되어 있었다. 새 주인은 공공연히 사무실을 기웃거리면서 X와 마주치면 은행이율이 낮음을 얘기했다. X는 기존의 계약서대로 계약이 유효함을 말했다. 평소 알고 지내던 공인중개사를 통해 계약서를 새로 쓰지 않아도 된다는 사실을 전해 들었기에 X는 새 주인에게 당당히 말했다.

사무실 천장에 피어나던 검푸른 곰팡이는 비가 오자 고약한 냄새를 풍겼다. 사무실 문을 열면 훅 코에 와닿는 냄새로 인해 Y는 인상을 찌푸렸다.

"화장실 천장에 비 새는 것을 언제 고쳐준다는 말이 아직 없어요?" Y는 인상을 쓰면서 말했다.

"저번에 전화도 하고 마주치면 곰팡내로 머리가 아프다고 말했는데 조치를 안 하네. 어디 관련 업체에 문의했다는 말도 없고." X는 한숨을 내쉬었다.

"혹시 고쳐줄 생각이 아예 없는 것 아니에요."

화장실 천장은 비가 오면 줄줄 물이 샜다. 보다 못한 X는 의자 위에 올라가 천장의 석면판을 떼어보았다. 화장실 리모델링을 언제 했는지 알 수 없지만, 석면판 위의 나무는 썩어있었다. 천장은 썩은 나무 아래로 석면으로 낮게 덧댄 형태였다. 결국 화장실과 이어진 사무실 천장에도 빗물 자국이 생기기 시작했고 곰팡이가 피었다.

X는 출근 전 사 온 곰팡이제거제를 사무실 천장의 얼룩무늬에 뿌렸다. 천장에 잠시 붙어있던 흰 거품은 조금 후 아래로 떨어졌다. Y는 마대 걸레로 바닥에 떨어진 칙칙한 거품을 닦았다. 그러면서 속내는 시끄러웠다. 임시방편은 짧은 시간에 도루묵이 될 것이 뻔했다.

새 주인은 말할 때 얼굴이 금방 우락부락하게 변했다. 그러다가 화난 몸짓으로 자기가 주인임을 쐐기 막대처럼 박고 사무실에서 휙 나갔다. 도무지 대화할 수 없는 성정이었다. 주인이 바뀐 지 6개월이 지났을 무렵, 새 주인은 전세를 월세로 바꾸는 것이 여의찮아 보이자 새로운 대안을 들고 사무실에 나타났다. 자신이 사무실을 사용한다는 것이었다. X의 전세 유효기간은 1년이 남아있었다. Y는 더는 버틸 어떤 법적인 보호도 받을 수 없음을 뉴스를 통해 알고 있었기에 X를 어떻게 위로할까 고민했다. X는 새 주인의 말에 승복하기 힘겨운지 지푸라기라도 잡는 심정으로 공인중개사를 하는 친구에게 전화상담을 했다.

"만약에 새 주인이 자신이 사용하지도 않으면서 내보내기 위해 거짓말을 하면 어떻게 되는 거야?" X의 목소리는 조금 떨렸다.

"우리가 그것을 밝혀낼 방법은 없잖아요." Y는 X의 얼굴을 바라보면서 조심스럽게 말했다.

"요즘은 올 전세를 잘 안 해주는데…." X는 말끝을 흐렸다.

거리를 다니다 보면 큰 도로와 인접한 건물에 임대를 놓는다고 유리창에 종이를 붙여놓은 곳을 쉽게 볼 수 있었다. 하지만 대부분 월세를 끼고 있는 안내 문구였다. 나날이 세를 놓는 곳이 늘어났다. 하지만 올 전세는 없었다. X가 지금 있는 사무실로 옮길 때 올 전세로 계약을 한 것은 행운이었다. 어쩌면 골목을 끼고 있어 오랜 기간 비어있었기에 주인과 협의로 쉽게 계약이 이루어진 면도 있었다. 하지만 사무실로 찾아오는 고객에게 위치를 알려주는 게 쉽지 않았다. 주소를 알려주고 내비게이션을 켜고 오는 고객도 주변의 골목에서 한참을 헤매었다.

"이사할 곳을 알아봐야겠어요." X의 표정을 살피면서 Y는 조심스럽게 말을 꺼냈다.

"계약만료까지 1년은 남았으니 그동안 버틴 후 나가도 되지 않을까?"

"그렇긴 하지만 매번 새 주인과 마주칠 때마다 껄끄럽게 대하는 것도 속시끄러운 일이잖아요. 내일이라도 당장 나가면 전세금 빼준다면서요." Y는 새 주인과 X가 서로 소리높여 말했던 것을 떠올리며 말했다. 그날도 새 주인은 언성을 높이다가 지레 몸을 부르르 떨면서 사무실 문을 박차고 나갔다.

"새 주인이 이곳에 코인빨래방을 하든 밥집을 하든 무슨 상관이에요. 이러다가 몸 상하겠어요." Y는 X를 살살 달래며 말했다.

"월세를 얼마나 받을 것인지 한번 물어볼까?" X는 지친 목소리로 말했다.

"그게 궁금해요? 은행 이자도 바닥인데 많이 부를 것 같은데."

"사무실 바닥에 에폭시로 처리한 비용은 받을 수 있을까?"

"꿈도 꾸지 말아요. 그동안의 대화를 보니 씨도 안 먹히겠던데."

Y는 사무실로 들어오기 전 엉망이던 바닥을 떠올렸다. 아니나 다를까 새 주인은 에폭시 비용은 무시했고 높은 월세를 제시했다. 골목에서 그 월세를 내고 버틴다는 것은 X에게 무리였다. 성수기와 비수기가 뚜렷한 직종의 소상공인에게 높은 월세는 곶감 빼먹는 일이었다.

X와 Y는 사무실을 보러 다니기 시작했다. 아예 대로변은 꿈도 못 꿀 일이었다. 그래서 골목에 있는 점포를 두루 살피며 다녔다. 뜨거운 햇살은 등줄기에 땀이 흐르게 했다. 올 전세는 아예 없었다. 마음에 드는 사무실도 없었다. 가지고 있는 돈과 사무실의 크기와 위치는 아귀가 전혀 맞지 않았다.

"주식 통장 만들기로 했어요." Z가 불쑥 말했다.

"웬일이야, 아버지가 말할 때는 꿈적도 하지 않더니." X는 기특한 마음을 감추며 말했다.

"직장동료 중에 주식을 하는 사람이 있어요. 서른 살인데 휴식 시간에 얘기를 조금 나눴어요."

"잘 되었네." X는 말을 하며 Y와 눈을 맞추었다.

Z는 KB증권에서 통장을 개설하면서 주식을 시작했다. 예수금은 20만 원을 넣었다. Z는 퇴근하면 유튜브에서 주식 관련 영상을 보았다. 영상을 보다가 궁금한 게 있으면 X에게 물었다. 그 물음에는 당일 실현손익, 시가총액, 추정자산, 총평가금액 같은 기본적인 내용이 포함되어 있었다. X는 의외로 스스로 인터넷과 유튜브를 찾아서 보는 Z를 보면서 흐뭇해했다.

Z는 적은 돈으로 단타를 쳤다. 어떤 감이 작용하는지 모르지만, 제법 수익을 냈다. 그것은 오십 대인 X도 마음이 졸아들어 못 하는 일이었다. 한 마디로 거침없이 하루에도 몇 건의 주식상품에 드나들었다. 하지만 예수금이 적은 탓에 한 달간 거의 300%의 이익을 냈지만, 총평가금액은 많지 않았다.

X는 중간중간 Z를 불러 앉혔다. Z에게 주식을 하면서 경계해야 할 사항에 대해 말하였다. Y는 옆에 앉아서 그 경계의 의미를 풀어서 Z가 들으라고 얘기했다. 여유 자금으로 주식 사기, 절대로 돈을 빌려 주식 사지 말기, 가까운 날 쓸 자금으로 주식 사지 말기. Y가 한 말은 주변에서 들은 풍월이기도 하지만 경험에서 나온 말이었다. Y는 주식에 몰두해 사람이 황폐해지면 안 된다고 재차 강조했다. 그것은 분별력인 동시에 자기 행동에 책임감을 통렬하게 느끼게 하는 대목이기도 했다. X는 Z에게 주식 창의 기업정보에 들어가 기업의 재무 정보 보는 법을 알려주었다.

"혹시 뉴스 봤어요. 어떤 주부가 금방 사용할 등록금과 이사할 전세자금으로 주식을 샀는데 마이너스가 됐나 봐요. 남편이 그걸 알고 이혼을 고민 중이래요." Y는 X와 Z에게 며칠 전 상장된 주식과 연관된 기사 내용을 말했다.

요즘 주식시장을 보면 새로 상장된 상품이 상한가를 치는 일이 종종 있었다. 그러나 유명인을 내세우며 화려하게 상장된 주식상품은 뚜껑을 연 지 얼마 안 되어 곤두박질쳤다. Y가 느끼기에 주식시장에서 개미들의 활동은 대단했다. 하지만 이윤을 창출하는 게 꼭 자신만이 될 수 없기에 자제할 필요가 있었으나 돈이 돈을 먹는 주식시장은 아주 유혹적이었다. Y는 깡통을 찼다는 기사를 볼 때마다 가슴 한쪽에 서늘함을 느꼈다.

4년 전, Y가 오를 것으로 생각하고 산 주식 씨젠은 내내 떨어졌다. 급기야 원금이 반 토막이 나더니 어느 날은 20%로 줄었다. 속이 쓰렸다. 그렇다고 손절매할 수도 없었다. 어떻게 모은 돈인데 하며 억울해했다. 4년을 주식이 있는 듯 없는 듯 견딜 수 있었던 것은 여유 자금이었기에 가능했다. 4년 동안 은행 이자도 하향곡선을 탔다. 그래서 Y는 만만디 하면서 기다렸다. 그 주식 씨젠이 올해 들어 코로나19로 인해 상승곡선을 탔다. 그곳에서 진단키트를 생산했다. Y는 오랜만에 미소를 지었다. 이어 Y는 매도 시점을 스스로 정하지 못해 어려움에 봉착했다. 지금 주식을 팔면 더 오를 것 같은 마음이 들었다. 그렇게 차일피일 X의 간섭을 듣는 사이 차트의 곡선은 오르락내리락했다. 아무리 주식이 올라도 팔지 않으면 물거품 같은 돈이었다. Y는 부풀어 올랐다가 사그라들기를 반복하다가 급기야 용기를 내어 주식을 매도했다. 매도금은 4년간의 이자를 상회하고도 남았다. 하지만 Y는 매도 후에도 속이 쓰렸다. 씨젠의 주가는 더욱더 올랐던 것이다.

　"신도 모르는 게 주식이라는 말이 있다." X는 Z를 보며 말했다.

　"오늘은 바이오주에 들어가 10% 이윤을 남겼어요." Z는 밝은 톤으로 말했다.

　"욕심을 내면 안 된다. 꼭대기에서 팔려고 하지 말고 어깨에서 팔아야 한다." X는 목소리에 힘을 주며 말했다.

　X는 Z가 사는 주식의 기업정보를 살폈다. 전년동기 대비 매출액, 영업손실, 당기손실을 따졌다. 그리고 대부분 기업의 영업이익이 낮음을 확인하고 경고의 메시지를 지속해서 보냈다. Z는 직장동료에게 차트 보는 법을 배웠다고 X의 말에 응수했다. Z는 차트에서 색깔로 구분해 놓은 5일선, 20일선,

60일선, 120일선을 비교했다. Y는 Z가 말하는 색깔로 구분해 놓은 차트를 찾아보았다. X는 이미 알고 있었지만, Y는 이제껏 별로 신경을 쓰지 않았던 사항이었다. Y는 X의 간섭이 싫어 어떤 날에는 주식을 매수하고 며칠이 지나 조금 오르면 슬쩍 X에게 말했다.

Y는 집을 향해 꺾어지는 골목에서 사무실 임대라고 붙여져 있는 것을 보았다. 매일 골목을 드나들면서 이제껏 왜 보지 못했을까 조금 의아한 생각마저 들었다.

X는 새 주인에게 한 달 후에 사무실을 옮긴다고 전화로 알렸다. 집 가까이에 계약금을 건 사무실도 이사 전에 손볼 곳이 많았다. X는 결국 월세를 끼고 이사를 했다. 교차로와 대로변에서 벗어난 골목에 있는 새로 얻은 사무실은 주차할 수 있는 공간이 넓었다. 그동안 고객이 사무실을 방문할 때마다 고심했던 게 해결되었다. 사무실이 살림살이하는 집과 가깝다는 이점도 이사하는데 한몫했다. Y는 우락부락하게 변하던 표정을 더는 보지 않아도 된다는 사실에 안도했다.

"남은 돈은 어떻게 할 거예요?" 사무실 책상 위의 먼지를 닦으며 Y가 물었다.

"주식을 사려고, 5%라도 수익을 내서 월세에 보태야지. 은행 이자는 너무 낮잖아. 그렇다고 돈을 가만히 둘 수도 없고." X는 이미 결정해놓고 Y의 의견을 묻는 듯이 말했다.

"좋을 대로 해요." Y는 무심한 척 말했다.

그날 이후, X는 휴대전화기의 알람을 오전 8시 50분에 맞췄다. 전일 종가로 주식을 사지 않는 이상 X의 눈은 9시에 시작되는 주식시장에 관심이 집중되었다. Z가 오후 근무인 날은 세 식구가 안방에 9시에 모이는 진풍경이 벌어졌다. 그리곤 제각각 휴대전화기를 보면서 오름과 내림을 알리는 빨간색과 파란색에 촉각을 세웠다.

"순발력이 대단해, 저렇게 잘할 줄 몰랐다니까." X는 세 번의 줄타기를 하고 출근한 Z에 대해 감탄했다. Y는 X를 바라보면서 눈을 가늘게 뜨던 X의 모습을 흉내 냈다.

"우린 Z를 따라가긴 글렀어요. 한참 동안 들여다봐야 이게 뭔가하고 감이 오는데 그동안이면 Z는 벌써 이윤을 남기고 다른 곳에 들어가 있잖아요. 안 그래요?" Y는 말을 마치며 키득키득 웃었다.

"그렇긴 한데 주식을 권하길 잘했어. 경제 개념도 익히고 이걸 교육의 장으로 활용도 하고." X는 흐뭇한 표정을 지었다.

"이제는 월급을 받아도 모두 쓰진 않겠지요." Y는 Z에 대한 바람을 털어놓았다.

Z는 요즘 60만 원을 가지고 분할 매수를 했다. 간혹 손절매도 하는 눈치였으나 계산이 빨랐다. 집에 오면 주식 관련 유튜브를 꾸준히 찾아보았다.

"주식 종목을 어떻게 알아서 사는데?" X는 아침마다 바뀌는 종목이 궁금해 물었다.

"자기 전에 미리 뉴스나 유튜브를 보고 들어갈 종목을 정했다가 다음날 오르기 시작하면 5% 남긴다 생각하고 팔아요. 10% 넘을 때도 있지만." Z는 담담히 말했다.

20대인 Z의 생각이 행동으로 옮겨지는 것은 광속 케이블을 깔아놓은 듯했다. 그 기준은 지극한 개인의 호불호였다. X의 목소리에 귀를 기울이기보다는 Z는 자기 생각이 흐르는 대로 행동했다. X는 주로 기업정보를 이용해 주식의 매수와 매도를 결정했다. 그런 X였지만 아침이면 Z가 매수한 주식을 궁금해했다.

"그건 왜 샀어? 재무제표가 엉망인데, 얼른 팔아. 지금!" X의 목소리 톤이 날카롭게 갈라졌다.

"내 맘대로 할 거예요. 기업 실적 필요 없어요. 단타할 거란 말이에요!" Z의 목소리 톤은 X보다 더 높이 치솟아 고요하던 거실의 아침 공기를 갈랐다.

"하고 싶은 대로 하게 가만히 둬요." Y는 목소리를 낮게 깔며 말했다.

"아버지가 말해서 손해 본 적 있어?" X가 기어코 관철하겠다는 듯 강하게 말했다.

Z는 휴대전화기를 손에 들고 화장실로 들어갔다.

Y는 X의 팔을 잡아끌며 방으로 들어왔다. Y가 보기에 X가 한 조언은 그동안 잘 맞아떨어졌다. 하지만 그것이 X의 혜안이라기보다는 절반의 확률이라는 생각이 들었다. 왜냐하면 X의 말에 못 이겨 팔았던 Y의 주식은 손해를 보았다. 그래서 겉으로 표현은 안 했지만, Y는 X의 감을 믿지 않았다.

X와 Y는 3일째 미국 대선 관련 뉴스를 보고 있다. 미국은 46대 대통령 선거 중이다. 땅덩어리가 크고 대통령 선거 방식이 대한민국보다 복잡한 관계로 사흘이 지났지만 누가 당선될 것인지 윤곽이 잡히지 않았다. 대통령 후보의 공략에 따라 주식 종목은 오르기도 하고 곤두박질치기도 했다. 자고 일어나면 뉴스와 개미들의 기대감에 얼토당토않던 주식이 출렁거렸다. Y가 느끼기에 미국 대선은 전 세계의 주식시장이 마치 바다에서 바람을 이용하는 범선 같았다.

"아이고, 지치네. 도대체 결과가 언제 나오는 거야?" 미국 대선 뉴스를 5일째 지켜보던 X가 기지개를 켜며 말했다.

"누가 당선되는 거예요?" Z는 안방으로 들어오며 갑자기 생각이 난 듯 X에게 물었다.

X는 뉴스를 지속해서 보았다. Z는 결과만을 X에게 물었다. Y는 며칠째 계속되는 똑같은 정보에 넌더리가 날 지경이었다. 벌써 4일째 트럼프와 바이든의 선거인단 확정 수는 213표 대 253표에 머물러있었다. 텔레비전 프로에서는 전문가를 모셔놓고 대통령으로 누가 당선되느냐에 따라 앞으로의 향방을 여러 방면으로 가늠했다. X는 가지고 있던 대한전선과 비비안, 레이언스 주식을 일부 손절매하면서 총알을 모았다. Y는 손절매하며 총알을 모으는 X의 결정이 대단해 보였다. Y는 손절매 자체에 부정적인 생각을 가졌다. 그냥 막연하게 기다리는 것에만 익숙했다.

"아버지, 스윙주 해본 적 있어요?"

Y는 둘의 대화가 궁금해 귀를 쫑긋 세웠다.

"그게 뭔데?"

" 2~3일 지켜보다가 팔아버리는 거요."

"그 용어는 몰랐지만 그런 거래도 해 봤지." X는 담담하게 말했다.

얼마 전, Y는 '설거지 당한다'라는 용어를 알게 되었다. Y가 이해한 바에 의하면 작전 세력이 잔뜩 올려놓은 주식을 개인이 계속 오를 것으로 생각해 매수하는 것을 그렇게 표현하는 것 같았다.

"아버지가 주식을 잘하지는 못했지만 지침이 되기도 하고. 서로 정보 공유하니 좋네." X는 마치 든든한 동반자를 만난 듯 밝은 톤으로 말했다.

"좀 벌었어요?" Z가 물었다.

"깡통 주를 차기도 했지. 오래전에 전기차 관련주를 샀다가 회사가 폭삭 망해 그렇게 된 거야."

"전기차 관련주라고요? 그것도 오래전에, 너무 앞서간 것 아니에요. 얼마 전 뉴스를 보니 어떤 사람이 전기차를 몰고 지방에 갔다가 충전소가 없어 서울까지 견인해 왔다지 뭐예요. 요즘도 이런 데 달리기를 시작하기도 전에 소문만 듣고 산 거나 진배없네요." Y는 깡통 주라는 말에 저도 모르게 속사포처럼 말했다. 마음속에 자신도 깡통 주를 만나지 말라는 법이 없기에 경계심이 발동한 것도 있었다.

매달 X의 통장에서는 자동이체로 새로 이사한 곳의 월세가 나갔다. 수입이 일정하게 정해진 직종이 아니었기에 X는 예비로 마이너스 통장을 사용했다. 가끔 자신의 통장을 Z에게 보여주면서 지출에 대한 경각심을 일깨웠다. 그것은 X가 노리는 경제 교육의 한 축으로 이용되었다. Y가 그런 것까지 보여주냐고 하면 가족 구성원으로서 알고 있어야 한다고 일축했다.

주식 장이 열리기 전, X는 꿈 이야기를 자주 했다. 그 꿈의 주요 내용은 이러했다. 똥을 보거나 맑은 물이 나오거나 섹스하는 꿈을 꾼 날이면 주식을 매도해 이윤을 봤다면서 기분이 들떠 있었다. Y는 꿈 때문에 이윤을 봤는지 좋은 이슈가 생겨 이윤을 보게 된 것인지 정확히 판가름하기는 뭐 했지만, 여하튼 축하한다고 말했다. X의 잠자고 있는 통장에 조금이나마 햇살을 쏟아부은 날이니 웃음이 절로 줄줄 새어 나오는 날이 되는 것이었다.

아침 9시가 되어 주식 장이 열렸다. 열리자마자 하루 전날 달구어졌던 이슈에 대한 냄비 근성이 약발을 다했는지 휴대전화기에 켜놓은 주식 화면은 온통 파란색이다. 파란색은 주식이 하향으로 내리닫고 있음을 의미했다. 이런 날이면 오후 근무인 Z는 일찌감치 방의 불을 끄고 잠에 빠져들었다.

"외국인과 기관이 어제는 그리 많이 매수하더니 오늘은 팔고 있네." X의 목소리에 노기가 서려 있다.

"하루를 못 넘기네요. 나쁜 사람들 같으니라고." Y는 말을 뱉으며 X의 안색을 살폈다.

"하여간 작전 세력들이 문제라니까. 이러니 개미들이 살아남기가 어렵지."

Y가 보기에 X는 말로라도 기분을 풀려는 기색이 역력해 보였다. 결국 X의 입을 통해 욕이 쏟아졌지만, 공기 속에서 힘없이 사라졌다. 언제부턴가 Y는 투자자 중에서 외국인과 기관의 매수 동향을 살피면서 주식을 샀다. 확률적으로 주식 관련 소식이 빠를 수밖에 없는 그들이 주식을 사는 날은 주가가 올랐고 파는 날은 주가가 내렸다. 꼭 그것이 정답은 아니었지만 대충 답에 접근은 했다. 일종의 빛붙을 언덕을 만들어 보는 것이다.

Y가 보유한 주식의 종류를 알고 있는 X는 매일 Y의 주식 동향도 살폈다. 그러면서 손절매에 대해 말했다. 그럴 때면 Y는 마치 머리카락이 무엇에 놀라 쭈뼛 서는 것처럼 신경이 날카로워졌다. 그렇다고 겉으로 내색할 수도 없는 노릇이었다. 벌써 반년이 넘도록 물려 있었으니 참견의 말을 늘어놓을 만도 했다. Y가 잘할 수 있는 것은 곰처럼 우직하게 그냥 기다리는 것인데 X가 자꾸 말을 꺼내니 속 시끄러웠다. 그래서 날이 갈수록 머릿속이 복잡해졌다. Y는 요즘 Z의 단타 주식 투자에 자꾸 마음이 쏠렸다. 어느 날은 X의 계산법이 맞는 듯했다. X는 신도 모르는 게 주식이라고 하면서도 Y에게 조

언할 때는 마치 신처럼 앞날을 훤히 내다보는 자세를 취했다.

미국 대선에 힘입어 친환경과 바이오주가 강세를 보이기 시작했다. 그 속에는 열흘이 지났지만, 여전히 불확실성이 존재했다. 미국은 아직도 확실한 대통령 당선인을 내지 못했다. 자국의 국민이 한 민주적인 투표를 후보자가 믿지 못해 세계의 다른 국가 지도자들까지 대통령 당선인에 대한 축하 메시지를 서로 눈치를 보며 타전하지 못했다. 뉴스는 온갖 무리수를 예상 시나리오로 전했다. 확고한 민주주의의 표상인 나라가 졸지에 모래성 위에 놓여 이념이 위기를 맞이한 꼴이라고 말하는 이들도 있었다.

X는 장전해둔 총알로 친환경 주를 샀다. 친환경 주는 며칠 전에 Z가 알려준 종목이었다. 그것은 태양광 관련주였다. 지구는 화석연료의 연소 과정에서 발생하는 여러 가지 독성물질과 이산화탄소 발생량 증가로 인해 지구온난화가 급속히 진행되었다. 환경오염이 심해지고 기후변화로 인해 지구촌 구석구석에서 이변들이 일어났다. 그것은 예년에 비해 해가 갈수록 심해졌다. 인명과 재산의 피해는 물론 공존하지 못하는 동식물들도 인간의 위치에서 바라봐야 한다고 공부했다는 사람들이 말했다. 하지만 이런 얘기는 새삼스러운 것이 없었다. 평소에는 까막눈처럼 보지 않다가 재해가 발생하면 그때야 닫혔던 눈꺼풀을 걷어 올리는 식이었다. Y는 몇 달 전 파리 기후협약에서 미국을 탈퇴시킨 지도자의 연설을 들으며 어이가 없어 멍했던 기억이 있다. 지금은 미국 대선에서 유력한 대통령 후보자가 다시 파리 기후협약에 가입하여 예전으로 돌아갈 것이라고 밝혔다. Y가 느끼기에 몸살을 앓는 것은 지구뿐만이 아닌 듯했다.

Y는 X가 매수한 친환경 주에 햇살이 비추기를 기도했다. 그것은 돈에 대

한 욕심보다는 X의 마음에 평안의 곡선이 춤추기를 바랐기 때문이었다. 코로나19로 인해 소상공인들의 지갑에 빨간불이 켜진 지는 오래였다. 대로변을 지나다 보면 비어있는 점포들이 점점 늘어났다. 교차로와 인접해 있는 외곽으로 나가는 버스를 타는 정류장 옆에는 겨우 편의점만 살아남았다. Y는 24시간 편의점과 일직선으로 있는 점포들이 모두 비어있는 것에 충격을 받았다.

    사람을 나르지 못하는 항공사는 타개책으로 화물을 수송함으로써 이윤을 창출했다는 보도가 나왔다. 이것은 좋은 일례에 속하는 것이었다. 어느 항공사의 비행사는 해고되어 하루 벌이에 전전긍긍한다는 소식도 쉽게 접할 수 있었다. 예전에 사람들이 높이 올려다보던 직종도 하루아침에 곤두박질치는 세상이었다. 의식주 중에서 식이 차지하는 비중만큼 사람을 쪼그라들게 하는 일은 없다. 하지만 소속감 안에 더불어 살아가기 위해서 드는 비용 또한 만만찮다. 그것은 일종의 전기 사용료 같은 유지비였다. 사용료에 대한 책임이 따르기 마련이었다.

    Y는 수십 년도 지난 일이지만 지금도 집배원을 피했던 자신의 행동이 부끄러웠다. 그 시절에는 집배원이 듬성듬성 떨어져 있는 시골집의 전기료를 직접 받으러 다녔다. Y는 직장을 다녔지만, 집배원이 기차역과 십 리나 떨어져 있는 마을까지 걸어 올라와 전기료를 받을 즈음이면 돈이 바닥났다. 미안함에 미리 꼬불쳐두기도 했지만, 꼭 그즈음이면 뜻하지 않은 일이 생겼다. 그래서 어두운 방 안에서 숨죽이며 집배원이 문 앞에서 불러도 없는 척 기척을 안 했다. 한두 번이 아니었으며 그것은 사람이 할 노릇이 아니었다. 월급날 인정에 밀려 빌려줬던 돈은 진작 급할 때는 Y의 손에 쥐어지지 않았

다. 돈을 빌려 가며 며칠 후면 갚겠다던 사탕발림 같던 말은 결국 지켜지지 않았다. 지금은 어디 사는지도 모르는 그저 타인일 뿐이었다.

하루는 집배원에게 너무 미안해 직장동료에게 월급날에 갚는다고 돈을 빌려달라는 말을 어렵게 꺼냈다. 직장동료는 평소에 돈이 많다고 입에 달고 사는 사람이었다. Y의 말이 끝나자마자 일말의 고민도 없이 직장동료는 안 된다고 단호하게 말을 잘랐다. Y는 얼굴이 달아오르고 부끄러워 어쩔 줄을 모르는 자신이 밉기까지 했다. 지금도 그때를 떠올리면 차라리 돈을 빌려달라는 말을 꺼내지 말걸 하면서 이를 악물었다. 그날 이후 Y는 누군가에게 돈을 빌려달라는 말을 하지 않았다.

"소고기 먹으러 가는 거예요?" Z의 목소리에 장난기가 섞였다.

"따상하면 소고기가 문제야, 두 번이라도 먹지." X는 흔쾌히 말한 후 호기롭게 웃었다.

"따상이 뭐예요?"

"그것도 몰라, 따블 상한가를 말하는 거지."

Y는 따상이라는 말을 처음 들었다. X가 Z에게 한 설명에 의하면 60% 이상의 수익을 의미했다. 그것은 주식에 투자하는 사람이면 누구나 염원하는 바람일 터였다. Y는 소고기라는 말을 들으며 세대 차이를 느꼈다. Y의 어릴 적엔 흥겨운 날이거나 무엇을 기념하는 날이면 으레 짜장면을 먹었다. 하지만 Z의 세대엔 짜장면이 소고기로 대체되었다. 평소에도 잘해 먹는 음식이 었지만 Z는 으레 기념할 좋은 일이 있으면 소고기를 먹자고 말했다. Y는 둘이 나누는 대화를 들으며 따상의 염원이 이루어지기를 내심 응원했다.

주식시장은 마치 페로몬을 발라놓은 뉴스를 뿌려놓은 듯 개미들이 몰려

다녔다. 매일의 이슈에 의해 개미들은 희비가 엇갈렸다. 아라비아숫자의 변화를 보면서 새가슴이 되는가 하면 운이 좋아 머리 꼭대기에서 주식을 매도하는 날이면 쾌재를 불렀다. 그 쾌재 속에는 또 다른 작전 세력들에 의해 설거지를 당할 함정이 있다는 것을 알았지만 중독성이 심해 헤어 나오기 쉽지 않았다.

Y는 자신과 상관없이 너무 열기가 뜨거운 날이면 창문 너머로 사라져가는 흰 구름을 한참 동안 올려다보았다. 그러면서 보유하고 있는 주식의 전고점이 아닌 어깨라도 접근할 수 있는 날이 다가오기를 고대했다. X의 말처럼 신도 모른다는 주식에서 애처로운 감정의 골을 파헤칠 수 있는 날에 대한 소망은 점점 소실점이 되어가고 있었다.

"조금만! 힘내자!" X의 기합 소리가 방 안에 울려 퍼졌다.

X는 어린아이를 어르고 달래듯 손에 든 휴대전화기 액정을 내려다보며 응원의 말을 전했다.

"욕심을 조금 내려놓지요. 나한테 어깨에서 파는 연습을 해야 한다고 하지 않았어요?" Y는 진정한 눈빛을 보여주기 위해 X의 얼굴을 두 손으로 맞잡아 세웠다.

"그렇긴 한데 그게 쉽지 않네."

X가 단타에 들어갔다. 휴대전화기 액정과 혼자만의 긴밀한 교감을 나누더니 3%의 이윤을 남기고 주식시장에서 나왔다. 잠시 후 X가 들어갔던 종목은 더 상승했다.

"내 느낌이 맞았네. 거기까지 올라갈 것 같더라니까." 고개 돌려 Y의 얼굴을 바라보면서 X는 말했다.

"다 그런 거예요. 결과론적으로 놓고 보면 안 맞는 게 어디 있겠어요." Y는 눈웃음을 지으며 말했다.

오후 3시, 쉬는 날이라 늦게까지 잠을 자고 일어난 Z가 방에서 까치 머리를 긁적이며 나왔다. X는 조금 전에 3% 이윤을 먹고 나온 주식 종목에 관해서 말했다. Z는 밥상을 앞에 두고 앉아 휴대전화기 액정을 유심히 들여다봤다.

"6.9% 먹고 나왔어요. 사고파는 데 8초 걸렸네요." Z는 담담하게 씩 웃으며 하얀 치아를 드러냈다.

순간 X와 Y의 시선이 마주쳤다.

"우리는 안 돼. 순발력이 없어서. 손이 버벅거린다니까. 사려고 하면 벌써 올라가 있고 팔려고 하면 벌써 내려가 있다니까."

미국 대선의 당선인은 아직 확정되지 않았다. 뉴스에는 아직도 대통령 선거에 관한 불복 기사가 올라왔다. 요즘 Z는 장기 투자할 종목을 찾고 있다. X는 단타를 잘하기 위해 고군분투 중이다. Y는 서리가 내린 주식 밭에서 긴 겨울로 들어서는 발걸음을 내려다보고 있다.

치과 가는 날

\*

 새가 날아올랐다. 빌딩숲 위로 강 위로 한 무리는 구름 속으로 사라졌다가 이내 다시 나타나곤 했다. 겨울에만 볼 수 있는 진풍경이다. 해 질 무렵이면 더욱 도드라지는 새들의 춤사위. 낮에 떼까마귀를 본다는 것은 쉽지 않다. 해의 동력을 따라 새들은 아침이면 대숲에서 나왔다. 그리고 먼 곳으로 날아갔다.
 희수는 보도블록 위를 더디게 걸었다. 귓가에 자동차가 내는 경적은 시나브로 사라졌다. 그 자리를 미세한 소리가 차지했다. 걸음을 멈추고 주변을 둘러보았다. 갈색의 몸집 작은 새가 대나무 아래에서 꽁지를 치켜세우고 있었다. 무엇을 찾았는지 연신 부리는 땅을 향하고 있었다. 집에서 출발해 치과에 당도하는 길은 너무 짧았다. 희수는 혀끝으로 어금니 부위를 빗자루처럼 쓸어보았다. 거칠면서 그것은 닳아 중간 부위가 움푹했다. 잇몸에서 피가 나는 것은 아니었다. 하지만 냄새가 났다.
 희수는 처음 치과에 갔던 날이 떠올랐다. 충치 먹은 송곳니를 빼고 입에 물고 있던 솜뭉치를 집에서 뺏어낸 순간 어지럼증으로 드러누웠다. 쇼크에 대한 자연스런 반응으로 종아리 밑에 이불을 괴고 눈을 감고 한참 동안 있었다. 그 순간의 공포는 의외로 컸다.

희수는 스케일링을 받는 내내 두 손을 마주잡았다. 치아에 닿던 기계의 진동은 턱을 통해 머리까지 전해졌다. 입안에 고인 생리식염수로 목젖을 움직일 즈음 간호사는 흡인기를 통해 잽싸게 불편함을 제거해주었다. 연이어 치아 파노라마 사진을 찍었다. 징검돌처럼 박혀 있는 치아의 밑둥을 본다는 것은 그리 달갑지 않았다. 치과의사는 어금니의 부실한 지렛대 모양에 대해 설명했다.

"얼마나 갈 수 있을까요?"

"개인차가 있어서…… 확답을 할 수가 없어요."

희수는 미리 알고 있던 답을 치과의사의 입을 통해서 다시 확인했다.

"오른쪽 아래 어금니는 겉으로 반석처럼 보이나 부실합니다."

그래서 바람 든 무처럼 밑둥이 흔들리는 느낌을 받았었나 하면서 희수는 치아 파노라마 사진을 노려보았다. 스케일링만 하려고 방문한 치과였다.

희수는 대기실에 앉아 국소마취로 점점 감각이 무디어지는 턱과 왼뺨을 손으로 만져보았다. 치과용 진료의자에 누우면 무방비로 온순해질 수밖에 없는 것일까. 희수는 삼십 년은 족히 쓴 왼쪽 아래 어금니를 빼게 된 것에 대해 스스로 의아하게 생각했다. 너무 결정이 빨랐던 것이다.

코가 예민해지는 날이 있었다. 입을 굳게 닫고 대화를 많이 하지 않은 날이거나 습도가 낮은 날이 그러했다. 습도가 낮은 날은 구름이 많이 끼었다. 그런 날이면 강 위로 마을 위로 떼까마귀가 유난히 하늘을 낮게 날았다. 평소 감탄을 자아내게 만들던 떼까마귀들의 군무도 이런 날이면 우울이라는 감정을 끌어당기게 했다. 희수는 이런 날이면 하늘을 올려다보면서 흰 눈이 펑펑 내리는 상상을 했다. 어릴 적 그 지긋지긋하게 내리던 강원도의 눈을 예찬했다.

철새홍보관이 문을 열었다. 새해 벽두 해설사의 설명을 들으며 희수는 눈이 휘둥그레졌다. 대나무 종류가 1,200종이 되는데 십리대숲에 60여 종이 있다는 것이다. 십리대숲에 자주 간 것은 아니지만 대나무는 희수의 눈에 거의 다 비슷해 보였다. 그 구별을 하는 사람들의 노고와 기록에 남겨진 자료를 잠시 둘러보았다.

삼호대숲을 찾는 철새는 크게 여름철새와 겨울철새로 나뉘었다. 여름철새로는 덩치가 큰 왜가리와 중대백로, 중백로, 몸집이 작고 발가락이 노란색으로 노란 장화를 신은 듯한 쇠백로, 황로, 해오라기가 있었다. 겨울철새로는 떼까마귀와 갈까마귀가 있었다.

2층 로비에는 울산학춤을 따라 할 수 있게 모니터가 켜있었다. 울산학춤을 동래학춤보다 아름답다고 비교의 대상을 끌어들인데 대해 희수는 속으로 인간의 일등 근성에 대해 떠올렸다. 철새홍보관은 첨단미디어 기술을 활용해 관람자들로 하여금 이색 체험 및 재미를 유발하고자 노력했음이 역력해 보였다.

우리나라의 첫 번째 국가정원인 순천만에 이어 두 번째로 태화강국가정원이 된 이후 대대적인 홍보는 거리에 넘쳐났다. 내로라하는 관공서나 정치인들은 플래카드로 도심을 도배했다. 겨울인 요즘 텔레비전에서는 동백나무의 꽃을 보여 주었다. 희수는 꽃이 너무 지저분해 측은한 마음이 들었다.

희수는 믹서기에 사과를 갈았다. 당도가 높은 사과를 씹힘의 과정 없이 목구멍으로 슬슬 넘겼다. 어금니를 빼고 봉합한 자리에 매달려 있던 실밥이 목구멍을 향해 쏠리는 듯했다. 그것은 물속에서 하늘거리는 파래 같은 느낌이었다. 갈아진 사과를 한 알 다 먹었다. 조금 지나자 머릿속에 전등알이 켜진 것처럼 기분이 좀 나아졌다.

치과의사는 가글용으로 헥사메딘액을 처방했다. 15cc를 입 안에 넣고 오물거리다가 살살 뱉어내라고 했다. 혀의 면에 닿은 그 맛은 역겨웠다. 조금 있자 중풍 맞은 사람처럼 침이 질질 새어 나왔다. 희수는 한참 동안 욕실 바닥에 쪼그리고 앉아서 힘을 주지 않고 침을 흘러나오게 했다. 간호사는 입 안에 압력이 가지 않도록 주의를 주었던 것이다.

절반 정도 충치 먹고 신경 치료 후 덧 채워져 삼십 년 동안 함께 했던 왼쪽 아래 어금니는 사라졌다. 희수는 입을 크게 벌릴 때마다 시커멓게 자리 잡고 있었던 어금니를 보고 싶었다. 하지만 발치 후 임플란트 뿌리를 박고 다시 사진 촬영까지의 모든 과정은 일사불란했다. 치과의사와 직원들의 말에 순종하던 희수는 흰 솜뭉치가 피를 머금도록 물고 있어야만 했다. 간호사는 메마른 입술에 바셀린을 듬뿍 발라주었다. 소독포를 걷어낸 얼굴에서 소독제 냄새가 났다. 간호사가 물휴지로 닦아주었지만 세수만 하랴.

희수가 치과 밖으로 나왔을 때 떼까마귀들이 하늘을 유영하고 있었다. 철새들은 흩어졌다 모이기를 반복했다. 새들은 십리대숲을 향해 날아갔다. 밤이 다가오고 있었던 것이다. 건조해진 안면은 저녁 공기에 시렸다. 희수는 코트 깃을 한껏 세우고 목을 움츠렸다. 이 길은 굳이 치과가 아니면 걸을 일도 없는 길이었다. 치과는 큰 도로를 인접해 있었다. 평소라면 차로 씽하고 달려 지나치는 길이었다.

ACU 자켓을 파는 점포가 있다는 것도 희수는 오늘 처음 알았다. 희수는 잠시 걸음을 멈추고 점포 안을 들여다보았다. 등은 켜져 있는데 사람은 보이지 않았다. 인도와 면해 있는 투명 유리 안에는 군화도 있었다. 양 벽면과 행거에 걸려있는 자켓의 색은 다양했다. 새것이나 새것같이 보이지 않는 보호색. 그 보호색은 사막에 어울렸다. 군복은 모래바람이 이는 사막에서 군인들이 입었다. 보통 사람들은 개구락지복이라고 말했다.

비행기가 추락했다. 아니 격추당했다. 의견들이 분분했다. 뉴스는 부지런히 소식을 날랐다. 하지만 진실은 모호했다. 희수는 안방에서 솜뭉치를 입에 물고 뉴스를 보았다. 탑승자는 전원 사망이었다. 입에 문 솜뭉치 사이로 침이 고여 휴지에 뱉으면 피가 섞여 나왔다. 투명한 침 속에서 피는 끈적거렸고 코끝에 고약한 냄새가 훅 올라왔다. 희수는 순간 얼굴을 찡그렸다.

홍콩에서는 몇 달째 시위가 이어졌다. 최류탄은 터져 연기가 피어났고 보도블록은 뜯겨져 주변이 어지러웠다. 국내에 유학 온 홍콩 학생들은 학내에서 제각각의 의견으로 중국 학생들과 충돌이 잦다는 내용이 뉴스를 통해 전해졌다.

국회방송을 틀면 필리버스터로 여러 당의 국회의원들이 출현했다. 이 말을 들으면 맞는 것 같았다. 저 말도 들어도 맞는 것 같았다. 서로 등을 돌린 의견들이 좌석이 빈 의자를 향해 국민 여러분 하면서 의견을 개진했다. 그 의견은 몇 시간씩 이어졌다. 희수는 리모컨을 방바닥에 내려놓고 누웠다. 입안에서 실밥이 혀의 옆면에 닿았다. 치과의사는 임플란트를 하는데 족히

석 달이 걸린다고 했다. 그것은 희수가 생각했던 것보다 훨씬 오래였다. 고작 임플란트 한 개인데. 발치한 부위의 잇몸을 살살 달래야하고 실밥을 뽑고 그리고 한 달을 다시 지켜보고 빈 공간을 메운다는 것이었다.

희수는 간호사가 설명한 두 시간을 지키고 솜뭉치를 입에서 뱉어냈다. 턱과 뺨 사이에 대고 있던 납작한 얼음 팩은 감각을 무디게 했다. 손바닥으로 대어보니 냉기만 전해질 뿐 부종은 없는 듯했다.

희수는 어릴 적 이를 빼던 날을 아직도 기억했다. 어른들은 거짓말에도 선함이 있다고 했다. 하지만 선함보다는 배신감에 눈물을 뚝뚝 흘려야만 했다. 나의 이는 무명실에 묶인 채 무자비하게 뽑혔다. 그 시절은 윗니가 빠지면 지붕 위에 던지고, 아랫니가 빠지면 아궁이에 던지던 때였다. 젖니와 영구치의 개념도 모르던 희수에게 그것은 일종의 예식이었다. 친구들도 모두 하는 하나의 통과의례였다.

이가 몹시 흔들거렸던 그날. 어른들은 흔들리는 이에 실을 묶어만 보자고 했다. 그리고 여러 가지 좋은 말을 들려주었다. 그 말들의 혹함에 빠져 있는 희수에게 딱 한 번만 입을 벌려보라고 했다. 보기만 한다는 것이었다. 희수가 입을 벌림과 동시에 이마를 둔탁한 손바닥으로 밀치자 무명실에 묶여있던 이는 방바닥에 내동댕이쳐졌다.

떼까마귀는 저녁이면 태화강변으로 몰려들었다. 강을 사이에 두고 송전탑이 산에서부터 이어져 다시 도심을 지나 먼 산으로 이어져 있었다. 전선을 새까맣게 메우는 철새는 밤이면 대숲으로 숨어들었다. 낮이면 알곡을 먹으러 날아갔던 철새들은 대숲으로 사라지기 전에 하늘에서 저녁놀과 더불어 장관을 이루었다. 겨울의 쓸쓸한 하늘을 떼까마귀는 먹빛으로 장식했다. 그 단순함에는 우아함이 있었다. 자유와 질서 존중이 배어있고 서로에 대한 배려가 깃든 날갯짓이 있었다.

희수는 떼까마귀의 군무를 보다가 강변에서 잎을 떨군 살구나무를 보았다. 지난봄에 그 나무를 처음 보았을 때 누가 이곳에 유실수를 심었을까 의아해했다. 그래서 나무의 자리를 주변의 지물을 이용해 가늠해가며 위치를 가슴에 심었다.

언니와 희수는 살구나무에 관한 기억이 달랐다. 국민학교 3학년 때였다. 동급생인 동네 아이의 집 마당에는 봄이면 꽃이 흐드러지게 피는 살구나무가 있었다.

"부러뜨렸냐?"

"……."

언니는 희수가 아버지로부터 매를 맞기까지 했다고 했다. 그래서 말렸다고 했다.

희수는 천지 분간을 하지 못할 나이에 친구들과 나뭇가지에 매달려 황홀한 꽃을 요리조리 보면서 놀았다. 오래지 않아 우리들의 무게를 견디지 못한 한쪽 가지가 쩍 갈라지며 대롱거렸다. 하지만 우리들은 저녁이 다 되도록 그 사실을 잊고 다른 놀이에 골몰했다.

희수는 나뭇가지가 부러진 기억은 있었지만 아버지로부터 매를 맞은 기억은 없었다. 언니의 말에 의하면 살구나무집 주인인 친구의 엄마가 우리 집에만 와서 따졌다는 것이다. 아버지의 사업이 망해 이사한 지 얼마 안 된 시점이었다. 그 이사를 침울해할 나이도 아니고 사업이 무엇인지도 몰랐기에 희수는 그날에 대한 기억도 달랐다. 발을 동동거리며 큰 집에서 작은 집으로 작은 짐만을 옮겨도 리어카 옆에서 즐거워했던 때였다.

큰 집에서 이사 오기 전 아버지는 늘 바빴다. 작은 집으로 이사 후 희수는 아버지를 자주 볼 수가 있었다. 희수는 밤이면 양은 주전자를 손에 들고 구멍가게에 갔다. 구멍가게 주인이 나무 됫박으로 큰 항아리 안을 휘휘 저은 후 양은 주전자에 담아주던 뽀얀 막걸리를 받아 집까지 걸어오는 길은 그리 멀지 않았다. 아버지만 일하던 양복점에는 작은 난로가 있었다. 그 난로의 연탄불 위에는 노가리가 노릇하게 구워졌다. 아버지는 하루의 일과를 희수 가까이에서 시작하고 접었다.

아침이면 희수는 박카스를 사러 구멍가게에 다녀왔다. 병뚜껑 하나 만큼의 박카스액은 희수의 입안에서 달콤했다. 나머지는 아버지의 몫이었다.

희수가 본 아버지의 기억력은 대단했다. 손님의 몸 치수를 잴 때의 모습을 보고 있으면 절로 신이 났다. 아버지는 중간에 멈추어서 장부에 몸 치수를 적는 것이 없었다. 일사불란하게 흰색 줄자로 손님의 몸 구석구석을 휘휘 왔다갔다하다가 한꺼번에 장부에 적었다. 그 비상한 머리를 자식들이 닮아 탈이었지만 희수는 그것도 모르던 나이였다. 동네에 유일하게 텔레비전이 있던 곳은 만화방이었고 여로를 하는 시간이면 그곳은 발 디딜 틈도 없이 미어터졌다.

아버지는 지금 상하 틀니를 하고 있었다. 명절 때 집에 가 함께 식사할 때면 아버지 입에서는 덜그럭거리는 소리가 났다. 그 마찰음은 잇몸과 음식과 틀니가 주먹만 한 크기의 입안에서 서로 화합하고자 안간힘을 쏟는 것 같았다. 그 짧은 식사 시간은 말만 하는 빈 입안보다 무겁고 침울해 희수는 어릴 적 살구나무를 떠올리곤 했다.
　엄마의 말에 의하면 아버지의 틀니는 경수 어멈으로 인해 저 지경이 되었다고 했다. 경수 어멈은 새로 시골에 개업한 치과의사에게 소개비를 받는다는 것이었다. 어느 날 엄마가 아버지의 치아 문제를 말했는데 그날 이후 지속적으로 전화해 결국 학교를 졸업한 지 얼마 되지 않은 그곳에 가서 저 사달이 났다는 것이다.
　경수 어멈은 동네에서 수완 좋기로 소문이 나 있었다. 희수는 중학교 때 경수 어멈으로 인해 강릉 구경을 처음 했다. 그때는 마당을 함께 썼고 친척 집 가는 데 희수를 데려간 것이었다. 지금은 국민학교 저학년 때 오줌 싼 아침이면 키 쓰고 소금을 받아오라고 경수 어멈에게 희수를 보냈던 그 마당은 사라졌다. 하지만 경수 어멈의 장악력은 여전했다. 그 장악력에는 아들과 달랑 남은 애처로움과 억척스러움과 뻔뻔함도 포함된 듯했다.
　"사막이라던데. 엄청 뜨거운 나라에 일하러 갔다가⋯."
　"사우디아라비아?"
　"나라 이름은 잘⋯⋯ 하여튼 사고로 못 돌아왔어."
　엄마는 아버지의 잇몸이 부어 틀니를 뺀 날이면 경수 어멈이 떠오르는 듯했다. 아버지는 친구를 만나러 읍내에 나간 날이면 강정을 손에 들고 집에 오곤 했다. 경수 어멈이 시장에서 팔더라는 것이다. 희수는 엄마가 산 냉장고도 경수 어멈의 소개로 산 것임을 알고 있었다.

　희수는 거울 앞에 섰다. 간호사는 치아 조형물에 큰 칫솔로 이 닦는 시범을 보여주었다. 하지만 책상 위에 모두 드러난 치아 조형물과 주먹만 한 입안에 빼곡하게 박혀있는 이를 닦는다는 것은 차원이 다르다. 칫솔을 잇몸으로부터 위로 밀어 올리거나 아래로 쓸어내리는 형식으로 칫솔질을 하라고 했지만 어찌 그것이 마음대로 될 것인가. 어쩌다보면 잇몸이 쓰라렸고 그 쓰라린 잇몸을 피해 살살하다 보면 음식물 찌꺼기는 그대로 있었다. 혀끝으로 살살 어루만지다 보면 이와 이사이에 꼭 끼어버린 닭이나 고깃살은 결국 치간 칫솔로 밀어내거나 손가락 끝으로 잡아당겨야 했다.

크게 입을 아 하고 벌려 입안을 살피고, 치아를 가지런히 하고 입술을 손가락으로 올려보면 손상된 잇몸으로 인해 치아의 뿌리가 보였다. 희수는 그 치아를 보고 있으면 이 닦기의 헛된 손놀림을 실감했지만 딱히 방법을 찾을 수가 없었다.

이와 이 사이 잇몸이 움푹 들어간 곳에는 음식물이 어김없이 끼었다. 주로 밥알이었지만 시금치이거나 고춧가루일 때도 있었다. 음식 재료의 색깔이 진할수록 희수는 식사하고 입 벌리기를 주저했다. 그래서 언제부턴가 손거울을 가지고 다니기 시작했다. 이 닦기를 할 수 없을 때마다 손거울은 유용하게 쓰였다. 끼인 음식물을 확인하고 급하게 임시로 제거하는데 걸리는 시간은 그리 오래 걸리지 않았다. 하지만 매번 혼자가 아닌 다른 사람들과 함께 있을 때라는 것이 문제였다. 그래서 여름이면 좋아하는 비빔냉면보다는 함께하는 사람에 따라서 물냉면으로 그 메뉴가 바뀔 때도 있었다. 그럴 때면 음식의 식재료는 혀에 닿아 감미로움을 자아내기보다는 가시성으로 인해 선택되었다.

임플란트 한 개 박는데 석 달이라니. 희수는 거울을 보며 다시 입을 크게 벌렸다. 충치를 빼고 잇몸에 임플란트 뿌리를 박고 씌워둔 덮개가 희끗하게 보였다. 한참 동안 벌렸던 입을 다물자 침이 혀 아래에서 미끈거렸다.

희수는 뉴스를 봤다. 히잡을 쓴 여인이 이란 정부 고위층을 향해 쓴소리를 했다. 1월 3일 미국은 1988년부터 이란 혁명수비대 쿠드스군 사령관이었던 가셈 솔레이마니를 드론 공격으로 제거했고, 이란은 미국에 대한 보복을 경고했다.

비행기가 추락했다. 이란은 처음에 미사일 공격으로 인한 비행기 격추를 전면 부정했지만, 뒤늦게 인간의 실수였음을 인정했다. 가셈 솔레이마니의 죽음의 슬픔에 잠겨있던 이란 국민들은 정부가 비행기 추락을 인간의 실수였음을 인정하기까지의 과정에서 비열했음을 지적했다. 이유도 모르고 한순간에 죽음으로 사라진 민간인들의 애도 물결에는 힘센 나라의 정당성도 방위벽을 세우던 비열한 실수도 발 디딜 곳을 상실했다. 그들은 모두 죄인이었다. 인간을 하찮게 여긴 죄인이었다.

다수당의 일방적인 법안 처리를 막기 위해 장시간 발언으로 국회 의사 진행을 지연시키는 무제한 토론인 필리버스터는 끝났다. 2012년 '국회선진화법'이라 불리는 〈국회법〉 개정안을 통해 무제한 토론이 도입되었다. 이것은 뉴스를 보다 보면 정치에 무관심한 사람도 자연히 터득하게 될 정도로 뜨거운 감자처럼 떠올랐다. 하지만 감자는 불기로 뜨거워지기 전에 식어버렸다. 그것은 정당과 안건에 대한 지지의 문제가 아니었다. 문제는 경청이었다. 정치인들은 자기들 판에서 이익을 향해 달음박질을 했지만 아무도 귀를 열어주는 국민이 없었다.

국회방송은 나왔지만 국회 안에서 함몰되었고, 그들은 자신이 속한 정당 안에서만 서로 박수를 치며 엇박자 놀음을 했다. 서늘한 밤이었다.

희수는 몇 달 전 치과 보험을 안내하던 전화를 받았다. 그때의 심정이란 참담했다. 모든 것을 보장해 줄 것만 같던 멘트를 자세히 듣다 보면 치아가 성해서는 도저히 안 되는 것이었다. 치아 상품이 주는 기쁨을 만끽하기 위해서는 만신창이가 되어야 했다. 보장은 망가지는 범위에 따라 충족을 향한 범위가 치솟으니 보험 고객의 만족이란 제 몸을 팔아먹는 도구로 전락한 셈이다.

보험회사들은 고객에게 미끼를 던지면서 호화찬란한 말을 건넸다. 희수는 그 미끼를 덥석 잡지도 않으면서 불신을 느꼈다. 불쾌하기 그지없었다. 휴대폰으로 걸려오는 전화의 모르는 번호는 십중팔구 보험 안내 전화였다. 안내원은 빠르게 보험 상품을 안내하면서 말을 걸 틈을 주지 않았다. 그렇다고 전화를 끊으려고 하면 그제야 잠깐만 고객님 하면서 이 좋은 상품을 놓치지 마시길 바란다는 등, 안내받은 모든 분이 상품이 좋아 가입했다고 한다. 그들은 끈질기면서 일방적이었다. 참다못해 희수는 미안합니다 끊습니다 하면서 안내원의 목소리를 사라지게 했다. 요즘은 백세 시대를 내세우면서 더 기승이다. 그들은 인간 수명의 늘어남에 호소하지만 수명의 유한성에는 각각의 백세라는 지조는 없다는 것을 망각하는 듯하다.

아버지는 96세에 돌아가신 할아버지에 관해 떠올릴 때면 치아 얘기를 하셨다. 틀니라도 해드렸으면 더 오래 사셨을 것이라는 것이다. 할아버지는 노년에 치아 대신 잇몸을 사용하셨다. 희수가 기억하는 할아버지는 돋보기를 사용하지 않고 신문을 읽는 모습이었다.

아버지가 오복 중에 하나인 치아를 얘기할 때면 희수는 오감 중에 하나인 시각을 떠올렸다. 치아의 아쉬움이 가져다준 96세의 나이보다는 시각이 선

사한 96세의 건강성을 희수는 오래 기억했다.

　히잡을 쓴 여인의 목소리를 쏟아내던 텔레비전의 뉴스는 사라졌다. 그것은 모래가 바람에 날리다가 잠시 사구를 이루다가 또다시 어딘가로 한없이 떠돌아다니는 것처럼 표면이 유동적이었다. 희수는 소속당에 박수를 치면서 사라지던 국회의원의 모습을 떠올렸다가 이내 다시 그 여인이 쓴 히잡이 머릿속에서 맴돌곤 했다. 희수는 땅으로 내리 꽂고 있던 시선을 하늘로 향하기 위해 서서히 고개를 들기 시작했다. 귓가에 돌연히 경적이 들렸다.
　"아!"
　태화강변을 끼고 있는 2차선 도로에 흰 승용차가 엉거주춤 서 있었다. 그 승용차 뒤에서 경적을 급하게 울리던 차들은 하나둘 차로를 바꾸었다. 흰 승용차는 뜬금없이 후미등을 켠 듯했다. 지나가던 차들은 창을 내리고 바람결에 욕지기를 뿜어내며 멀어졌다.
　희미한 석양이 한쪽으로 깔린 하늘에 깃발처럼 검은 날개들이 퍼덕였다. 떼까마귀다. 마지막 비행이라도 되는 양 그 무리는 전선에도 까맣게 긴 줄을 이어 앉은 탓에 굵은 덩굴이 건물 앞으로 열을 지어 있는 듯했다. 전선이 다시 가늘어지자 흰 승용차는 유유히 희수의 시야에서 멀어졌다.
　2월이 깊어가고 있었다. 중부지방에 사는 동생은 우수가 지났건만 설국을 이룬 풍경을 메시지로 보내왔다. 희수는 눈송이가 쌓인 두꺼운 두께를 보면서 세월을 훌쩍 건너뛰었다. 기억에서 송출되어온 눈은 발치하던 날의 그 아릿한 쓰라림처럼 눈꽃들이 피어났다.
　미끄럽고 좁은 계단을 따라 오르다가 좁은 계단참에 서면 그럴듯하게 펼쳐지던 올망졸망한 집들의 정경. 눈은 집의 다양한 외벽을 한 색으로 칠하며 잠시 고단한 일상에 휴지기를 주었다. 그 짧은 계단참과 현관을 열고 들어서기까지의 거리는 발자국이 찍히지 않은 백지였다. 그 백지 속에는 오랜 시간 비워두어서 얼어 터진 보일러가 없었다. 닫힌 창문이 무색한 방에서 느끼던 뼛속까지 파고들던 한기도 없었다. 길고 긴 밤도 없었다.

희수는 혀끝으로 입안을 한 바퀴 돌렸다. 미끈한 치아의 언덕을 지나면 골이 졌다. 그 골은 깊이가 다르고 마모면도 달랐다. 치아에서 한참 벗겨진 잇몸은 치아의 뿌리를 드러냈다. 치과의사는 연조직에 관해 설명했다. 차트에 기록된 치아의 번호를 매긴 아라비아 숫자는 열 손가락으로도 모자랐다. 치과의 상담실장은 벗겨진 잇몸의 견적을 내주며 희수의 입술을 바라보았다. 희수는 다음에 라는 짧은 단어를 뱉었다.

발치한 지 벌써 한 달 반이 훌쩍 지났다. 임플란트를 해야 하는 왼 어금니를 위해서는 또 한 달이 필요했다.

낮에 치과 가는 길은 햇살이 따가웠다. 빵집을 끼고 있는 2차선 길에는 아스콘 포장 공사로 인해 주변이 어수선했다. 주차요금 징수원이 있던 부스는 보도블록 위로 옮겨져 있었다. 상수 마트 건너편에서 푸성귀를 팔던 할머니는 옮겨진 부스로 인해 한쪽 귀퉁이로 더 밀려났다. 깊숙한 골목의 그늘에서 이른 아침부터 씻겼을 무가 말갛다. 뿌리를 손끝으로 다듬은 쪽파가 구겨진 비닐 위에 소복했다.

"마수걸이 했능교?"

푸성귀를 파는 할머니와 말동무를 하던 백발의 노인은 큰 소리로 희수를 보면서 말했다.

그 순간 희수는 섬진강 휴게소의 밤이 떠올랐다. 그때 희수는 소피를 급히 해결하고 화장실에서 나오던 참이었다. 화장실 앞 휴게소의 너른 주차장과 이어지는 계단 위 기둥 아래 한 노인이 앉아 있었다. 봄이었다.

할머니는 얇은 털모자를 머리에 쓰고 앉아 희수를 향해 말했다.

"산나물이야. 아주 귀한 것이지. 이것만 팔면 집에 갈라는데······."

희수는 엉거주춤 무릎을 접고 앉았다.

"이 밤에 웬일이래요?"

밤 12시가 막 넘어가고 있었다.

"내일 우리 동네에서 봄놀이를 가거든."

일어서는 희수의 손에는 어린 취나물과 돗나물, 쪽파가 가득 든 재활용된 비닐봉지가 들려있었다.

태화강변과 인접한 동네의 골목엔 몇 가지의 야채를 파는 할머니가 있다. 할머니는 마트를 끼고 앉아 울퉁불퉁한 시멘트 바닥에 햇빛이 그려내는 건물의 그림자와 함께 하루를 보냈다. 바람은 그 골목을 휘돌다가 막다른 건물에 이르면 앙칼진 소리를 냈다.

희수가 골목 좌판에서 구입하는 것은 주로 쪽파였다. 적은 양을 구입할 수 있는 이점이 있었다. 계란말이, 찌개나 찜, 라면과 볶음밥에 사용되던 쪽파는 구입하자마자 희수의 손에 의해 작은 크기로 송송 썰려 냉동실로 직행했다. 다양한 반찬을 하지 않는 희수였지만 쪽파는 계란 다음으로 알차게 사용하는 식재료에 속했다.

오늘 희수는 골목으로 스며든 아스콘 냄새를 맡았다. 어느새 손에는 비닐봉지가 매달려 있었다. 냉동실 문의 빈칸에 넣으면 될 것이다.

냉동실 문을 열면 전선 위에 앉은 떼까마귀처럼 검정비닐들이 **빽빽**했다. 그 검정비닐은 속을 보이지 않는 입안 어금니의 뿌리 같다. 냉동실 문을 열면 마음이 들쑤셨다. 그 시간은 언제나 급히 식사를 위해 무언가를 준비하는 중이었다. 겨울의 스산함을 금세 잊듯 그렇게 몸은 쉬이 검정비닐 속 차가운 외면과 다시 익숙해졌다.

이젠 아스콘 냄새도 공기 속으로 옅어지며 잊혀졌다. 한 달이 지난 오후 두 시의 치과는 조용했다. 희수가 출입문에 들어서자마자 직원은 진료실 안으로 바로 들어오라고 했다. 희수는 괜스레 그들의 점심 후 휴식을 방해한 것은 아닌가 싶었다. 치과용 의자에 머리만 약간 올린 자세로 누웠다. 의자 앞 통유리를 통해 겨울의 끝물을 알리는 잎을 틔우기 시작한 나뭇가지가 보였다. 하늘은 파랬다. 오후 햇살이 더해지자 몸이 노곤해지기 시작했다. 기다리던 치과의사는 오지 않고 갑자기 로비 쪽으로부터 큰소리가 났다.

"처음하고 다르지 않소! 왜 말도 없이 마음대로 한 거야?"

목소리는 둔탁하면서도 높았다.

"어르신, 제가 설명했는데요." 상담실장의 목소리다.

"돈이 다르잖아? 처음하고. 믿고 영수증도 안 보고 집에 갔더니. 허 참. 미리 하기 전에 얘기를 해야지!"

"잇몸을 열어놓고 피가 나는데 어찌합니까?" 치과의사의 목소리다.

"그래도 설명을 자세히 해야지! 한두 푼도 아니고 내가 호구로 보여! 늙었다고."

"어르신, 제가 일어날 수 있는 가능성에 대해 미리 설명 드렸잖아요." 상담실장의 목소리는 흔들림이 없이 단호하게 들렸다.

"소독포를 다 걷어내고 다시 처음부터 다시 할 수는 없잖아요." 치과의사의 목소리 톤이 약간 높아졌다.

치과 의자에 누운 채 로비 쪽에서 들려오는 그들의 목소리에 귀를 기울이던 희수의 몸은 노곤함에서 빠져나와 위축되었다. 진료실에서 기다리는 환자는 희수뿐이었다. 십 분이나 지났을까. 치과의사는 진료실로 들어왔다. 그가 시키는 대로 한 마리의 물고기 마냥 희수는 입을 벌렸다가 다물고 위아래 이를 딱딱 마주치게 씹는 시늉을 한참 동안 반복했다. 세척을 위해 입안에 넣은 생리식염수는 흡인기로 빨려 들어가기 전에 목젖을 자극했다. 희수의 혀는 위아래로 움직였다. 급기야 입안에 있던 기구에 닿은 혀의 옆면이 따끔거렸다. 간호사는 혀를 움직이면 다친다고 했다. 희수는 마음대로 움직이는 혀를 어찌하지 못해 난감했다. 마주잡은 손에서 진땀이 났다. 머릿속으로 숫자를 헤아렸다.

드디어 임플란트 시공은 끝이 났다. 지친 희수는 로비로 나와 소파 위에 벗어둔 겉옷을 주섬주섬 입었다.

"뿌리가 드러나 보이는 치아는 어떻게 하실 거예요? 오래 두면 안 되는데." 상담실장은 은근한 목소리로 희수에게 물었다.

"주의할 점이 있나요?"

"오늘은 왼쪽 임플란트 시공한 곳으로 음식을 씹지 마세요. 혹시 크라운이 떨어지면 가지고 오시구요?" 상담실장의 목소리는 담담했다.

"끝난 게 아닌가요?" 희수의 미간이 순간 좁아졌다.

"만약에 말이에요. 다른 치아는…."

희수는 다음에 라는 말을 남기고 치과를 나왔다. 시공한 면에 닿은 혀끝이 매끄러워 긴장된 몸에 다소 위안이 되었다. 그날 저녁 텔레비전 채널을 돌리다가 희수는 수면치과치료법에 관해 설명하는 프로그램을 우연히 봤다. 수면치과치료방법조차 알려주지 않아 혼자서 혀를 마취하면 안 될까 하며 머릿속을 굴렸던 자신이 떠올랐다. 텔레비전에서 예시된 사람들의 모습은 너무 평화로웠다. 어떤 사람은 코를 골며 잠을 잤다.

그날 밤 꿈속에서 오른쪽 아래 어금니의 뿌리가 흔들렸다. 하지만 희수는 얼굴을 찡그리지도 두려워하지도 않았다. 다만 개찰구로 들어가 선로를 내려다보며 기차를 기다리는 듯했다. 행선지를 알려주는 스피커에서 흘러나온 역무원의 목소리는 서울행이라고 했다. 기차는 떠났어도 희수는 그 자리에 그대로 서 있었다. 오른쪽 턱 아래를 한 손으로 받치며 희수는 웃고 있었다. 눈빛은 수정처럼 한없이 반짝거렸다.

발문

발문

# 풍란과 풍란의 주인과 바람

소설가 류재만

풍란이 고스란히 자신의 주인이었던 때는 숨 막히는 까만 비닐봉지 싸여서 누군가가 소유를 주장하기 이전까지이다. 풍란이 오롯이 주인이었던 이유는 햇빛과 비와 심심함을 달래주는 바람 외에는 사는 데 더는 소용될 게 없었고 내리쬐든 쏟아지든 불어닥치든 적절히 취하는 것 말고는 주변 모두 그렇게 사니, 걱정하고 고민할 게 없었기 때문이다.

이 모든 걸 대신해 줄 것으로 기대했지만 소유한 자는 풍란이 알고 있는 세계의 족속과는 달랐다. 타자의 자유를 뺏어 얻은 제압의 쾌감이나 드문드문 즐길 뿐이었고 새로운 대상에 관심이 생기면 언제든지 버릴 수 있는 것이 소유로 인식하고 있었다.

정원을 야생이라고 여기고 싶었지만, 야생을 빼앗긴 데야 야생일 수 있을까. 빼앗긴 자 소유된 자들과의 연대는 불가피한 것이고 살아가는 법을 공유하고 공생의 방법을 찾을 수밖에 없었다. 풍란의 비와 물을 가리고 제한하는 장소가 유대를 서두를 수밖에 없었다. 연대와 공생의 대화의 끝은 장소와, 장소와 자신과의 관계와 체험일 수밖에 없다.

풍란이 바람을 본 적 있는가, 묻는다. 바람의 방향과 세기는 느낌으로 알 수 있다. 그러나 보이지 않는 게 바람 아닌가. 게다가 질문한 바람은 중의적이다. 바람이 어디에서 어디로 불고 솜털을 간질이는 바람인지 뿌리를 뽑고도 남을 태풍인지 물리적 바람을 묻는다. 또 하나는 여기와 거기를 비교하며 꿈꾸는 바람이다.

질문의 대상은 풍란 주변의 직박구리 말고는 관음죽 나비란 부추 등 부동의 식물이다. 직박구리는 바람과 바람의 속성인 자유를 염두에 둔 기제로 여겨진다. 꿈꾸는 바람 속에 들어있는 바람, 자유에 대해서는 대상의 속성으로 질문을 가름하고 있다.

작가의 고향 동해의 바람을 공유한 적 있다. 작가가 사는 곳도 바다에 붙어있어 볼 수 있을 것이다.

땅에서 빛이 솟는다는, 책갈피에 갯내가 배어있는 바닷가 발한, 발한도서관에서 시화전을 하던 햇빛이 구름 위에 머문 컴컴한 날이었다.

아랫구름은 북으로 가고 윗구름은 남으로 흐르며 사이가 조금 벌어졌다. 사이로 햇언나 오줌처럼 햇빛이 쪼로롱 떨어지다가, 참고 참아선지 위로 오르는 듯 보였다. 구멍이 우물 만하게 구멍이 벌어지고 소낙비 줄기처럼 쏟아졌다. 해변을 지나 둔덕을 오르고 있었다. 곧 닿겠구나, 만져볼 수 있겠구나, 했는데 갑자기 들이 분 해연풍에 얹힌 해무에 가려 스러졌다. 해무로 코도 어디 있는지 알 수 없었다.

해무의 목숨은 해연풍에 달려 있었다. 날리고 부서지고 모래밭에 쑤셔박히면서도 매달려 있었다. 저게 바람이구나 싶었다.

해무에 해연풍이 방울졌다. 해연풍이 해무와 둔덕에 앉아, 달래는가 싶더니, 나쁜 놈, 음침한 솔밭 사이로 끌고 들어갔다. 해무가 찔끔찔끔 눈물을 흘렸다. 구름에 구멍을 내고 다시 쏟아졌다. 솔방울에 대롱대롱 매달려 있었다.

바람을 본 적 있는가. 스스로 묻고 스스로 답하고 있지, 싶다.

옥계 금진 봄 밤바다 미역 말리는 모래밭에서였다.

모래가 미역을 머리에 얹고 불가사리에 잡아먹혀 구멍 난 조개껍데기에게 말했다.

미역은 내가 다 말렸어. 오늘 볕이 아주 좋았어. 좋을 때 모아 둬야 해. 한뼘 속까지 달구려면 거죽은 반은 죽어야 해. 우리 엄마 산후병에 모래미역밖에 듣는 게 없어서야. 날 저물고 해 뜰 때까지 미역에 조금씩 덜어 데워줄 거야.

어제는 내부는 바람이 심상찮은 거야. 폴폴 모래 이는 거 봤지? 내가 올라타고 바람을 붙잡고 있었던 거야. 바람이 거세지고 파도까지 끌고 들어오는 거야. 문풍지를 두드려 깨우려다 말았지. 한낮의 수고를 알잖아. 산발이 된 파도도 내 앞에선 고개를 숙이는 이유야. 바람이 파도에 섞여서 자기를 감추더라니까. 니는 뭐 했나?

　조개껍데기가 모래에다 불가사리 가래침을 뱉으며 말했다.

　그저께 빗방울이 떠는 데도 잠만 잘 자더라. 빗방울에 파이고 괴는데도 참 잘 자더라. 비 맞으면 미역이 뭐가 되나? 곤죽 되는 거 모르냐? 빗방울에 얼굴을 들이댔단 말이다. 빗소리를 잡아먹기나 하는 모래 니는 흉내도 못 내. 조개 얼굴에 떨어지는 빗방울 소리도 듣고 화들짝 깨는 엄마야. 엄마가 비를 맞으며 걷어 들이며 나보고 참 고맙다고 그러더라. 뭔 말인지 모르지? 빗방울 소리는 부딪쳐야 나는 거야. 빗방울을 내 얼굴로 맞받아 낸 소리란 말이야. 니 혼자 미역 말렸냐?

　모래와 조개껍데기는 그날도 지지고 볶고 그러면서도 뒤섞여 붙어있었다.


　민물고기 똥꼬 낚시로 시간을 붙잡으려는 아버지와 아버지의 그늘에서 벗어나지 못하고 있는 엄마와 똥꼬의 배를 열어 살피는 아버지를 바라보는 딸에게서, 그날 들리지 않았던 모래와 조개의 이야기를 역설적으로 듣는 거였다. 살아도 살 비비고 살고 있지 않은 이야기를 하는 것 같으면서도 그러면 돼? 묻지, 싶었다.

　작가의 고향에서는 똥꼬는 물곰치나 아귀처럼 잡히면 버리는 민물고기였다. 흔해서이기도 하고 맛이 없어서이기도 했고 특히 알아주는 사람이 없었기 때문이다. 그러나 귀해졌다. 작가가 아버지의 삶을 다시 반추하는 것처럼, 아버지가 똥꼬의 배를 열어 보는 행위를 통해 자신을 바라보는 것처럼.

　오래전에는 아픈 사람이 이렇게도 많았나 병원에 갈 때마다 항상 놀랐지만, 지금은 놀라지 않는다. 여기 나으면 저기 덧나고 거죽이 아물면 속이 쓰리니 병도 병도 참도 많고 많다 놀란다. 소화제만 먹어도 트림을 내뱉었는데 속을 열고 들어내도 며칠뿐이니 다른 생각이 들 수밖에 없다. 누구나 그 정도의 경험은 있을 것이나 보는 것은 다르다. 일시적 방문자가 아니라 책임 있는 당사자로서 시간과 체험으로 체화된 눈이어야 보일 것이다. 머언먼 앞날까지 염두에 두어야만 가능할 것이다. 보고 말면 그 또한 아무것도 아닐 것이다. 타자와 자신이 똑같다는 성찰을 바탕으로 타자를 위한 무언가를 해야 할 것이다. 타자의 삶을 위한 나의 삶은 세상에서 가장 숭고한 것이다. 작가는 보고 느끼고 관심과 연민을 작품으로 실천하고 있을 뿐만 아니라 그것을 성취하려 아파하고 있다.

서점 주인과 대화 없는 대화 속에서도 발견된다. 그녀를 통해 나를 보고 있다. 지루하기 짝이 없는 일상 속에서도 갈등이 존재한다는 것이고 갈등은 갈증에 기인한다는 것도 말하지 않음으로써 강조하고 있다. 갈등과 갈증으로 우리는 살아가는가, 질문도 한다. 벗어나려는 가능치도 않은 시도는 처음부터 하지 않았으면 하는 저의를 본다. 오히려 동행의 불가피성을 역설하고 있다. 의도하든 피하든 우리는 그 속에서 살아갈 수밖에 없다. 그녀를 통해 자신을 보고 있다.

모래미역은 모래가 말렸다 해주자. 빗방울 소리는 조개껍데기에 부딪혀 나는 소리라고 해주자. 해는 햇빛이 언급되지 않더라도 아무 말 않을 것이다. 작가는 그러고 있는 것이다.

『동안』을 통해 만나 오래 자주 만나진 않았지만, 작가는 알고 있는 사람 중에 안팎이 거의 비슷한 몇 안 되는 사람 중에 한 분이지 싶다. 옆에 계신

시인도 마찬가지고.

　작가는 누워 잠들어서도 천장에 도배된 사방연속무늬 꼬리를 잡고 밤새도록 머리를 좇는 열정을 품고 있는 듯 보인다. 보이는 세계와 더불어 보이지 않는 세계를 찾으려 밤에도 눈을 뜨고 자는 것 같다. 사람이 듣지 못할 뿐인, 들리지 않는 소리에도 귀 기울이는 작가이지 싶다.

## 풍란

초판 1쇄 인쇄  2023년 9월 27일
초판 1쇄 발행  2023년 10월 9일

지은이 | 정연순

펴낸이 | 오창헌
펴낸곳 | 도서출판 푸른고래

출판 등록  2012년 1월 12일 제2012-000001호
44637 울산광역시 남구 삼호로141번길 5, 101호
전   화 | 052-222-0124
이메일 | 2220124@daum.net

ISBN 979-11-92898-05-6  03810 : ₩14000

* 이 책은 한국출판문화산업진흥원의 '2023년 중소출판사 출판콘텐츠 창작 지원 사업'의 일환으로 국민체육진흥기금을 지원받아 제작되었습니다.
* 이 책은 저작권법에 의해 보호받으므로 무단 전재와 복제를 금합니다.